KB266486

내가 위로하러 왔어

내가 위로하러 왔어
ⓒ 유이안, 김민주 2026

초판 발행	2026년 03월 31일

지은이	유이안 김민주
편집	박은혜
표지 디자인	조은주
본문 디자인	조은주
저작권	이나겸 김은지
마케팅	박수호 변진경 이하영 이윤슬

펴낸곳	주식회사 부크크 ｜ **펴낸이**　한건희
출판등록	2014.07.15.(제2014-16호)
주소	서울특별시 금천구 가산디지털1로 119 SK트윈타워 A동 305호
전자우편	info@bookk.co.kr (대표) forawriter@bookk.co.kr (마케팅, 제휴 문의)
대표전화	1670-8316
홈페이지	www.bookk.co.kr
인스타그램	@bookkcokr ｜ **트위터**　@bookkcokr

ISBN	979-11-12-15194-0
정가	13,000원

내가 위로하러 왔어

한국에서 태어난
엄마가 묻고,

이탈리아에서 태어난
아이가 답하다

유이안,

김민주

BOOKK

이 책을 먼저 읽은 독자들의 후기

■ 아이의 질문이나 답이, 또는 건네는 말이 기발하면서도 때론 마음을 울리는 위로가 되기도 한다. 이안이 엄마와 나누는 대화를 듣다 보면 이안에게 '네가 어른이다'라는 생각이 들 정도로 현명하다고 느껴진다. 그리고 서로의 기분 좋아질 수밖에 없는 대화법에는 존경심마저 들기도 했다. 가슴을 몽글몽글하게 만드는 책이다. _hermosa80

■ 아이에게 관심이 없고, 낳고 싶다는 마음도 없던 내가 이 책을 읽고 아이들을 이해하게 되었다. 그러면서 읽다가 우리 엄마도 나와 이런 대화를 나누셨겠지 생각했다. 괜스레 마음이 뭉클해졌다. 이안이가 하는 말은 내 가슴을 관통한다. 나도 누군가에게 이런 솔직하고 담백한 말 한마디를 건네고 싶다는 생각이 들었다. 고마워요, 이안! 아이의 순수함을 알게 해줘서. 고마워요, 김민주 작가님. 당신을 통해 우리 엄마의 사랑을 느꼈어요. _ddudin2eo

■ 한 장만 읽어보자고 했는데, 옆에서 관심 두던 아이에게 들려주며 함께 울고 웃으며 오래 읽었다. 책을 함께 읽던 아이가 이안이 표현에 공감도 하고, 때론 "난 이랬을 때 이랬어"라며 자신에 대해 말하니 아이의 생각을 들을 수 있어서 좋았다. 아이의 말을 차곡차곡 찾아보고 쌓아두며, <내가 위로하러 왔어>처럼 우리의 책을 만들어 보고 싶다. _choneun712

어쩌면 우리는 태어날 때부터 이미 많은 것을 알고 태어나는 듯하다. 어른이 된다는 건, 그것을 점점 잊어버리는 일일지도 모른다. 자라면서 잃어버린 진리를 다시 찾기 위해 우리는 또 다른 존재에 기댄다. 놀랍게도 그걸 알려주는 존재가 아이라는 걸 이 책을 읽으며 깨달았다. 여태껏 부모가 아이를 키운다고 생각했는데, 이안의 대답을 듣다 보면 아이가 부모에게 더 많은 것을 가르쳐 주는 게 아닌가 싶다.

나 또한 뱃속에 아이가 있다. 이 책을 읽는 내내 내 미래의 아이와 나눌 대화가 기대되어 괜히 여러 번 배를 쓰다듬었다. 이안이는 로마의 햇살을 받고 자라 이토록 빛나는 걸까, 아니면 모든 영혼의 본래 모습이 이토록 눈부신 걸까. 잊고 살던 순수한 감각들을 이 책을 읽으며 다시금 기억해 낼 수 있었다.

_이연 (작가 · 95만 유튜브 크리에이터,
저작 『겁내지 않고 그림 그리는 법』『매일을 헤엄치는 법』)

머리말
· · · · · · · ·

Tesoro mio,
ti voglio bene.
ti voglio bene.

나의 보물,
사랑한다.
사랑한다.

머리말
· · · · · · · ·
내가 위로하러 왔어

2017-2019년 우리의 대화

이탈리아에서 태어난 아들에게
한국에서 태어난 엄마가 묻습니다.

사소하지만 결코 사소하지 않은 그 답이 모든 것이 처음인 타국에서의 일상을 지탱해 주었습니다.

기록하지 않은 모든 것은 사라집니다.
가장 붙잡고 싶지만 우리도 모르게 흩어져 버리는 것이 주고받은 말입니다.
아이는 때로는 무심하게 때로는 귀찮아하며 때로는 진지하게 답을 던집니다.

우리가 주고받은 수많은 질문과 답을 기록합니다.
어쩌면 아이의 답이 제가 아닌 다른 누군가의 일상을 지탱하는 힘이 될지도 모르겠습니다.

차례

SONO COREANO ROMANO.

일러두기

- 저자의 의도와 글의 느낌을 살리기 위해 표기와 맞춤법에 예외를 둔 부분이 있습니다.
- 애니메이션, 영화, 메일 서비스 등의 제목은 <>로 표기했습니다.
- 태어난 달 7월을 기준으로 이안이의 나이를 표기했습니다.
- 엄마와 이안의 대화는 모두 한국어를 사용했습니다.

프롤로그
....

Mom 이안이에게 친구는 뭐야?

Ian 안토니오.

Mom 그럼 안토니오는 뭐야?

Ian 친구.

Mom 행복은 뭔데?

Ian 아직은 모르겠어.

Mom 꿈은 뭐야?

Ian 공룡이랑 노는 거.

Mom 어른이 되면 뭐 하고 싶어?

Ian 휴대폰을 살 거야.

Mom 축구는 뭔데?

Ian 지는 기분을 들게 해. 그런데 좋다고.

Mom 그림은 뭐야?

Ian 공룡. 처음엔 입이 없었는데 이젠 입을 벌리고 있는
     공룡을 그려. 계속 그리니까 잘 그리게 됐어.

Mom 한국은 뭐야?

Ian 빨갛고 파란 동그라미.

Mom 로마는?

Ian 하트.

Mom 이탈리아는?

Ian 세상이야.

2017

네 살

3月

모자문답

• • • • • • • •

　오늘 아침도 역시나 아이는 뭉그적뭉그적 내 속을 긁고 난 어김없이 소리를 지른다. 유치원을 가기 위해 집을 나서는 것이 왜 이다지도 힘겹단 말인가. 언성이 높아지면 높아질수록 아이는 더 반항한다. 우리의 아침은 언제나 순탄치 않다. 하지만 그래도 달라진 것이 하나 있다. 화가 극에 달하면 아이는 나에게 뒤돌아보지 말고 앞서 가라고 한다. 아이를 뒤로하고 걸어가다 보면 잠시 후 달려오는 소리가 들린다. 아이가 말한다.

Ian　내가 좀 너무한 것 같아. 그런데 엄마가 화를 내니까 미안하다고 말할 수 없었어.

　내가 말한다.

Mom　엄마가 너무 심하게 화내서 미안해.

그리고 우린 손을 잡고 걸으며 서로 좋아하는 것, 해도 되는 것, 해선 안 되는 것에 대해 이야기한다.

4月

내가 온 이유

아이가 요 며칠 나에게 모진 말을 쏟아내고 동생을 괴롭힌다. 보통이면 같이 화를 내겠지만 도를 닦는 심정으로 받아주고 있다. 그래도 오늘은 도저히 참기가 힘들었다. 아이를 씻기며 나의 엄마 이야기를 했다. 엄마의 엄마는 이젠 자고 있어서 예전에 엄마가 짜증을 내고 나쁜 말을 했던 것 들에 대해 미안하다고 말할 수 없어 너무 슬프다는 이야기. 아이가 스스로 뭔가 느끼겠지 했는데 가만히 듣고 있던 아이가 입을 열었다.

Ian 그래서 내가 왔지. 도와주려고.

Mom 응?

Ian 엄마가 슬퍼해서 내가 슬퍼하지 말라고 엄마의 엄마를 대신해서 도와주러 왔다고. 그리고 나중에 엄마도 엄마의 엄마를 만나서 미안하다고 말할 수 있을 거야.

주문

• • • •

　한국 휴가 중, 고향에서의 마지막 일정은 엄마를 만나는 시간이다. 둘째가 잠이 들어 차에 남편을 남겨두고 이안이의 손을 잡고 엄마 앞에 섰다. 겨우 울음을 참고 있는데 아이가 물었다.

Ian　　엄마, 엄마의 엄마가 작아져서 여기서 자고 있어?

Mom　　응, 여기에서 자고 있어. 이안아, 엄마는 엄마가 너무 보고 싶어.

Ian　　그래? 그럼, 수리수리 마수리, 커져라. 얍!

아토피

일주일 동안 유치원에서 한글학교에서 모두 전화를 받았다. 유치원에서는 너무 긁어서, 한글학교에선 다른 아이들 간식을 뺏어 먹어서. 아토피로 인해 식단 조절을 하다 보니 아이는 자제하고 있는 음식을 누군가 먹는 것을 보면 이성을 잃고 만다. 혼이 나고 집으로 돌아오는 버스에서 내내 서럽게 울던 아이가 소리 질렀다.

Ian   모두 간식에 단 것이 있었단 말이야!! 나만 없었다고!! 그건 정말 너무 하잖아!!

멋진 사람, 좋은 사람

· · · · · · · · · · · · · · · · · · · ·

계단이다. 심호흡을 크게 한 번하고 유모차를 드는데 이안이가 한쪽을 거든다. 괜히 더 힘들게 만든다 싶어 역정을 내려는데 아이는 계단을 다 오를 때까지 유모차를 놓지 않고 온 힘을 다해 들어 올렸다. 대견하고, 고맙고, 어느새 이렇게 컸나? 아이를 바라보았다.

Mom   이안이는 멋진 사람이 되고 싶다고 했지? 진짜 멋진 사람이 어떤 사람인지 알아? 엄마처럼 유모차를 가지고 계단을 오르는 사람을 도와주는 사람이 정말 멋진 사람이야. 그러니까 이안이도 멋진 사람이지.

Ian   그런데 난 멋진 사람인데 좋은 사람은 아니야.

Mom   왜 좋은 사람이 아니야?

Ian   난 엄마만 도와주거든, 다른 사람은 안 도와줘.

Mom   엄마도 도와주고 다른 사람도 도와주면 되잖아. 그럼 이안이 멋지고 좋은 사람이지.

Ian   그냥 엄마만 도와줄 거야. 다른 사람은 도와달라고 해야지 도와줄 거야. 말을 안 하면 무슨 일인지 모르거든.

Mom맞네, 말을 안 하면 모르네. 그래도 유모차 든 사람은
말 안 해도 도와주기.

아름다워
· · · · · · · ·

남편이 쉬는 날은 아이 유치원 등원은 남편 담당이다. 양치하고 아침 5분 유튜브 시청도 마쳤는데 애가 또 뭉그적뭉그적 신발을 안 신고 몸을 꼬고 있다. 슬슬 나도 남편도 심기가 불편해지려는데 아이가 말했다.

Ian   나는…… 엄마랑 가고 싶은데. 난 예쁜 사람이랑 가고 싶다고. 아빠는 안 예뻐서 싫은데.

Mom   엄마가 예뻐?

Ian   응, 너무 아름다워.

지도

· · · ·

한국 휴가를 다녀온 아이는 이탈리아 말을 다 잃어버렸다고 했다. 이탈리아 유치원에 가지 않겠다고 떼를 쓰는 아이.

Mom   이안아, 이탈리아 말을 잃어버렸으면 다시 찾으면 돼.

Ian   어디에 있는데?

Mom   이안이 마음속에 있어.

Ian   마음? 마음은 배 안에 있는데 어떻게 찾아?

Mom   이안이 지도 잘 그리지? 학교에서 지도를 그려. 그리고 그걸 보고 찾으면 되지.

Ian   배 안에 안 보이는데 어떻게 찾아?

Mom   눈을 감고 있으면 보일걸?

Ian   찾아볼게.

유치원을 마치고 나온 아이에게 묻는다.

Mom   오늘 어땠어?

Ian   너무 기뻤어! 아직 다는 아니지만 찾았어!!

소원

· · · ·

아침에 더 자고 싶다는 아이와의 실랑이.

Mom 그럼, 이안이가 생각해 보고 원하는 대로 해. 자도 되고 유치원에 가도 되고. 대신, 자면 유치원은 못 갈 거야!

Ian 엄마, 유치원에 가고 싶어. 대신 이렇게 하자. 엄마가 나에게 웃어주는 거야.

5月
어버이날
· · · · · · · · ·

한글학교에서 어버이날에 대해 배웠다.

lan　　엄마, 나아주셔서 감사합니다.

낳아주셔서 감사합니다, 라는 뜻인 줄 알았다. 그런데 지난여름, 수영장에 놀러 갔다가 아이를 씻기다 미끄러져 구급차에 실려 간 적이 있는데 그때 다 나아줘서 고맙다는 뜻이란다.

친구 엄마 생일

Ian　엄마!! 생일 축하해!! 니콜로가 오늘 자기 엄마 생일
이라고 해서 나도 엄마에게 축하하고 싶었어!!

화
..

유튜브를 보는 아들을 혼자 두고 아래층에 택배를 받으러 내려갔다. 사인을 하고 돌아서는데 복도가 난리가 났다. 이안이가 문을 열고 동네가 떠나가라 소리를 지르고 있었다.

Ian   엄마~~ 금방 온다고 했잖아. 어디 있는 거야~~~ 엄마~~~ 엄마~~~~

엘리베이터를 기다리는 시간도 길게 느껴져 1층에서 6층까지 순식간에 뛰어 올라갔다.

Mom   괜찮아, 엄마 가고 있어~~~~

소리를 지르며 집에 도착하니 아이는 목이 다 쉬어 있었다.

Ian   엄마! 미워! 친구 안 할 거야!! 나 정말 화났어!!! 내가 용감하다고 하지만 사실 진짜 용감한 건 아니란 말이야!!

Mom   너무 미안해. 어떻게 해야 화가 풀릴까?

Ian   몰라!! 해봐!!!! 화가 풀리기는 어려울 거 같아!!! 한번 해봐!!!

빌고 또 빌어도 계속 울며 소릴 지르던 아이가 조금 진정이 됐는지 여전히 미안해하는 나에게 웃으며 다가와 안아주면서 말했다.

Ian   미안해, 거짓말을 했어. 나 이제 화 안나. 화는 풀릴 수 있었어. 엄마 안 미워해. 그래도 아깐 너무 무서웠어.

엄마의 날을 위한 시

Mamma

La casa senza mamma
È un fuoco senza fiamma,
Un prato senza viole,
Un cileo senza sole.
Dove la mamma c'è
Il bimbo è un piccoli re,
La bimba una reginella
E la casa è molto più bella.

엄마가 없는 집은

불꽃이 없는 불

팬지꽃이 없는 풀밭

해가 없는 하늘입니다.

엄마가 있는 곳에서

이이들은 작은 왕이고 여왕이며

집은 더없이 아름답습니다.

뽀뽀의 이유

아이를 재우다 졸았다.

졸다 눈을 뜨니 잠든 줄 알았던 아이가 날 빤히 바라보고 있다.

조용히 나의 눈을 쓰다듬는다.

Ian   엄마, 진짜 뽀뽀해 줄게.

나의 눈에 입 맞춘다.

Ian   내가 왜 뽀뽀한 줄 알아? 엄마 눈이 너무 예뻐서.

아이는 다시 잠이 든다.

눈빛

· · · ·

한글학교 종업식,

　둘째 유모차 때문에 제일 뒤편에 서서 아이의 순서를 기다리고 있는데 이안이가 선생님께 안겨 울면서 왔다. 내가 안 보여서 울었나 보다. 아이가 눈물을 닦으며 말했다.

lan　　엄마의 눈빛이 너무 멀어 슬펐어.

산행

Mom   어쩌지? 아빠가 안 보여!

Ian   걱정 마. 하얀 길만 따라가면 돼! 나만 따라오면 돼!
난 세상의 왕이야.

RIDERS UNITED

비 오는 날

이건 뭐 트라우마 생기겠다. 하원길에 비가 오면 어김없이 이안이랑 한판 한다. 연인 싸움도 아니고 사소하게 서로의 신경을 건드리다 끝내 둘 다 폭발한다. 비가 오니 집에 빨리 돌아가야겠다는 마음에 맑은 날이면 그냥 웃고 지나갈 일에도 예민해진다.

Ian　　이제 나에게 아모레(amore, 사랑)라고 부르지 마!!!

Mom　　그럼 이안이도 엄마라고 하지 마!!!

Ian　　엄마…… 그렇게는 말하지 마…….

어떤 모습이라도 1

머리핀을 한 이도,

Mom   이안아, 이도 이렇게 하니 너무 예쁘지?

Ian   이도는 이렇게 안 해도 예뻐. 그런데 이렇게 하니 더
       예쁘네.

어떤 모습이라도 2

강한 바람이 불어 머리가 엉망진창이 되었다. 뒤돌아 서
서 아이에게 내 모습을 보여주었다.

Mom   이것 봐! 엄마 웃기지? 완전 못생겼지?

Ian   엄마, 어떻게 해도 엄마 모습이야.

더 잘 사는 법

Mom　이안아, 미안해.

Ian　엄마, 미안해.

아침이 되어서야 우린 화해했다.

Mom　우리 화해하니 좋다.

Ian　엄마, 화해하니 내가 더 좋아. 난 엄마를 사랑하는데 엄마는 날 사랑하지 않는 것 같았거든.

Mom　이안이가 화를 냈잖아.

Ian　그런데 내가 화내면 왜 엄마가 더 화를 내? 그리고 빨리 화해도 안 하고.

Mom　이안이가 계속 화를 냈잖아. 엄마는 화가 풀리지 않았는데 어떻게 화해를 해?

Ian　그래도 빨리하면 좋지. 빨리 화해하면 더 많이 사이 좋게 지내고 더 잘 살게 되잖아.

부자 문답

빅뱅 노래를 크게 틀고 차를 몰던 남편이 뱅뱅뱅 흥얼거리는 아이에게 외쳤다.

Dad   이안, 스웩!!!

Ian   아빠!!!! 왜 나한테 쓰레기라고 해?!

김치

헝클어진 머리에 다 늘어난 러닝셔츠, 세상 편한 반바지를 입고 아이들이 먹다 남긴 반찬에 식은 밥을 비벼 먹는 나를 가만히 바라보던 아이가 물었다.

Ian   엄마는 어떻게 이렇게 예뻐? 김치를 먹으면 엄마처럼 예뻐져? 그럼, 나도 김치를 먹어보고 싶어.

김치를 조금 맛보고 다시 묻는다.

Ian   나도 이제 멋져졌지?

IAN

2017
2018
다섯 살

8月

책

．．

Ian　엄마, 책은 어떻게 만들어?

Mom　누군가 이야기를 쓰면 그걸 종이에 옮기는 거야.

Ian　스코치(스카치테이프)도 없는데 어떻게 종이에 이
야기가 붙어?

Mom　이안이가 종이에 글을 쓰는 것처럼 이야기도 종이에
쓸 수 있어. 그런데 그거 알아? 엄마도 글을 쓰는 사
람이야.

Ian　엄마는 어떤 이야기를 써?

Mom　이안이 이야기. 이안이가 밥 먹는 거, 이안이가 말하
는 거, 이안이가 엄마랑 싸운 거, 화낸 거, 이안이 유
치원 이야기.

Ian　엄마! 나 갑자기 마음이 두근두근해!

외출

Mom　이안, 우리 미술관 갈까?

Ian　그거 정말 멋진 생각인데!

아무것도 안 하는 계절

　여름은 아무것도 안 함으로 다시 시작할 힘을 주고, 아무것도 안 함으로 나를 알게 하고, 아무것도 안 함으로 가족이 진짜 가족이 된다. 물론, 아무것도 안 해서 부모들은 버겁지만. 여름이 지나갈 때가 다 되어서야 아무것도 안 하는 여름이 왜 존재해야 하는지 알게 되었다. 우리가 함께 행하기 위해서다. 신기하게 아무것도 하지 않았는데 아이는 자라 있다.

Compiti per l'estate dell'Italia
이탈리아의 여름 방학 숙제

Preset by Roma Family

○ Vivete la vostra Eestate.

너만의 여름을 살아라.

1. Al mattino, qualche volta, andate e camminare sulla riva del mare.

가끔 아침에 혼자 해변을 산책하라.

2. Cecade di usare Tutti i nuovi Teemini imposti insiarra quest'onno.

올해 우리가 함께 익혔던 새로운 단어들을 사용해 보라.

3. Leggete, quando più potete. Ma non perché dovete.

최대한 책을 많이 읽어라.
하지만 읽어야 하기 때문에 읽지는 마라.

4. Evirate tutte le case, e person che vi renolano negativi o vuoti.

부정적인, 혹은 공허한 기분이 들게 하는것, 상황, 사람들을 피하라.

5. Se vi sentite tristi o spaventati, non vi preopate : l'estate, mette in scombiglia l'anima.

슬프거나 겁이 나더라도 걱정하지 마라
여름은 영혼을 혼란스럽게 할수있다.

6. Ballate. Senza vergogna.

부끄러움 없이 춤을 추어라.

7. almeno una volta, andate e vedere l'alba.

최소한 한번은 해가 뜨는 것을 보아라.

8. fate uno short.

스포츠 활동을 많이 하라.

9. Se Teomte una persona che vi incanta, diteglielo con Tutte la sinacità e la grazia di cui siete capaci.

너를 황홀하게 만드는 사람을 만난다면 그 사람에게 최대한 진심으로 정중하게 말해라.

10. Riguardate gli appunti delle note lezioni.

우리 수업에서 필기 했던 것을 훑어보라.

11. Siate allegri come il sole, indomabili come il mare.

태양처럼 행복하고 바다처럼 길들여지지 않는 사람이 되어라.

12. Non dite parolacce.

욕하지 마라.

13. gustate film dai dialoghi straggeni per migliorate la vostra comprensa linguistica e la vostra capacità di segnore

언어 능력을 기르고 꿈꾸는 능력을 늘리기 위해 가슴아픈 대화가 나오는 영화를 보아라.

14. Nella luce sorribile o nelle notti calde, sognate come darai e potrai essere la vostra vita.

빛나는 햇빛 속이나 뜨거운 여름밤에 네 삶이 어떻게 될수 있는지, 어떻게 되어야 하는지 꿈꾸어 보아라.

15. Sie i buom.

진절하라.

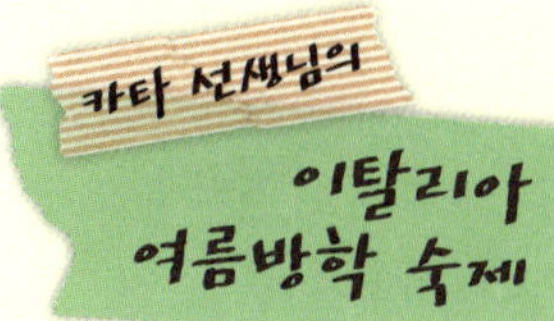

1. 가끔 아침에 혼자 해변을 산책하라.
   햇빛이 물에 반사되는 것을 보고 네가 인생에서 가장
   사랑하는 것들을 생각하라. 행복해져라.

2. 올해 우리가 함께 익혔던 새로운 단어들을 사용해 보라.
   더 많은 걸 말할 수 있게 되면 더 많은 걸 생각할 수 있게
   되고, 더 많은 걸 생각할 수 있게 되면 더 자유로워진다.

3. 최대한 책을 많이 읽어라.
   하지만 읽어야 하기 때문에 읽지는 마라. 여름은 모험
   과 꿈을 북돋우기 때문에, 책을 읽으면 날아다니는 제
   비 같은 기분이 들 거다. 독서는 최고의 반항이다. (무
   엇을 읽어야 할지 모르겠다면, 나를 찾아와라.)

4. 네게 부정적인, 혹은 공허한 느낌을 들게 하는 것, 상
   황, 사람들을 피하라.
   자극이 되는 상황과 너를 풍요롭게 하고 너를 이해하
   고 있는, 그대로의 너를 인정하는 사람들을 찾아라.

5. 슬프거나 겁이 나더라도 걱정하지 마라.
여름은 영혼을 혼란스럽게 할 수 있다. 너의 느낌을 이
야기하는 방법으로 일기를 써봐라. (네가 수락한다면, 개학
후에 함께 읽어보자.)

6. 부끄러움 없이 춤을 추어라.
집 근처의 댄스 플로어에서, 너의 방에서 혼자 추어도
된다. 여름은 무조건 춤이다. 춤을 출 수 있을 때 추지
않는 건 어리석다.

7. 최소한 한 번은 해가 뜨는 것을 보아라.
말없이 숨을 쉬어라. 눈을 감고 감사함을 느껴라.

8. 스포츠 활동을 많이 해라.

9. 너를 황홀하게 만드는 사람을 만난다면 그 사람에게
최대한 진심으로 정중하게 말해라.
상대가 이해하지 못해도 상관없다. 이해하지 못한다
면 그 사람은 너의 짝이 아니었던 것이다. 이해한다면
2015년의 여름은 황금 같은 시간이 될 것이다. (이게 잘
되지 않았다면 8번으로 돌아가라.)

10. 우리 수업에서 필기했던 것을 다시 훑어보라.
우리가 읽고 배웠던 것들을 너에게 일어났던 일들과
비교해 보라.

11. 햇빛처럼 행복하고 바다처럼 길들일 수 없는 사람이
되어라.

12. 욕하지 마라.
늘 매너를 지키고 친절하게 행동하라.

13. 언어 능력을 기르고 꿈꾸는 능력을 늘리기 위해 가슴
아픈 대화가 나오는 영화를 보아라. (가능하다면 영어로.)
엔딩 크레디트가 올라간다고 영화가 끝나는 것은 아니
다. 너의 여름을 살고 경험하며 다시 한번 너만의 영화
를 살아보아라.

14. 빛나는 햇빛 속이나 뜨거운 여름밤에 네 삶이 어떻게
될 수 있는지, 어떻게 되어야 하는지 꿈꾸어 보아라.
여름에는 포기하지 않기 위해서, 꿈을 좇기 위해서 네
가 할 수 있는 일을 다 하라.

15. 친절해라.

내가 위로하러 왔어

9月

오빠의 자장가

· · · · · · · · · · · ·

Ian 반짝반짝 작은 별, 우리 이도 예쁘다. 우리 이도 잘
잔다. 우리 이도 너무 사랑해. 반짝반짝 작은 별, 이도
잘 잔다.

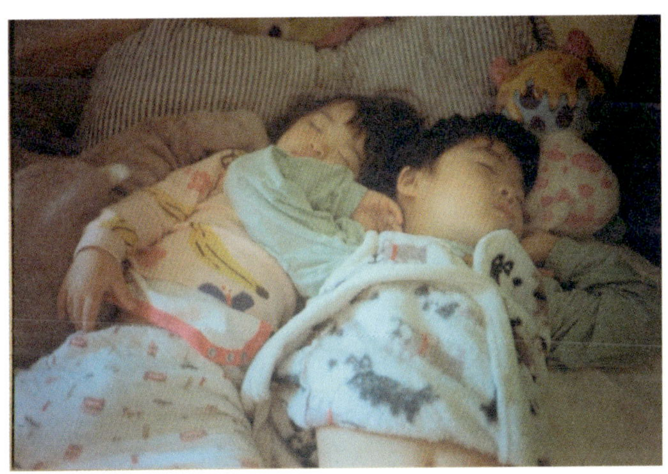

로마라는 도시

Ian 그거 알아? 오늘 선생님이 그러는데 로마는 정말 큰 치따(città, 도시)라고 했어. 그래서 정말 갈 데가 많대! 엄마 알고 있었어? 우리 다음에 아빠 오면 아빠 차 타고 갈 데가 많다니까 가보자.

Mom 그래? 정말? 우와 대단하네. 그런데 어디 가야 한대?

Ian 그건 모르지. 그건 안 가르쳐 줬어, 선생님이.

Mom 그런데, 이안. 이안이는 아빠가 무슨 일 하는 줄 알아?

Ian 아빠? 무슨 일 하겠지. 음…… 아! 알아! 소리 크게 지르는 일 하는 거 아냐? 나 아빠가 일할 때 소리 크게 해서 목 아프다고 한 거 기억나는데?

Mom 아빠는 그 로마에 갈 데 많은 곳들 설명해 주는 일을 해. 그래서 거기 다 가서 아빠 보고 설명해 달라고 하면 다 해줘! 그럼, 엄마는 무슨 일 하는지 알아?

Ian 엄마? 음…… 엄마는…… 아! 예쁜 사람?

Mom 아, 그것도 맞는데. (ㅋㅋㅋㅋ) 엄마는 그 로마에 대해 글 쓰고 사진을 찍지.

Ian 그래? 알겠어. 하여튼 로마는 갈 데가 많대.

콧물

· · · ·

Ian   엄마 학교에서 친구들이 날 보고 치네제(cinese, 중국인)라고 해. 아! 안토니오 빼고. 안토니오는 그러면 이렇게 말해. 아니야, 이안이는 코레아노(coreano, 한국인)야.

Mom   그래? 친구들이 이안이에게 치네제라고 했어? 그래서 이안이는 뭐라고 했는데? 바보야! 난 코레아노야! 이렇게 말해줬어?

Ian   엄마!!!! 바보라고 하면 어떡해!!! 그런 말은 하면 안 되는 거야!! 그러면 산타 할아버지가 엄마가 받고 싶은 예쁜 반지 안 준다고!! 그리고! (친구들이) 잘못한 것도 아닌데 내가 왜 뭐라고 해? 그런데 엄마아~ 지금 중요한 건 그게 아니야. 나 자꾸 코안이 간질간질해. 재채기가 나올 것 같다고. 재채기하면 콧물이 나올 거 같단 말이야. 그래서 말인데, 중요한 게 뭐냐면, 콧물은 어디에서 나오는 거야?

유튜브

이안이는 같은 또래의 한국 남자 친구가 없다. 물론, 이탈리아 유치원의 친구들도 좋지만 온전히 한국 장난감 이야기를 한국말로 하며 놀고 싶어 한다는 것이 느껴질 때가 있다. 며칠 전 한국어 유튜브를 보던 아이가 혼잣말을 했다.

Ian   아, 컴퓨터에 들어가고 싶다. 그러면 친구들이랑 놀 수도 있고…….

사랑한다면

Mom   사랑하는 우리 아기들, 잘 시간이지? 노는 시간 아니지?

블록 쌓기를 멈출 생각이 전혀 없는 아이가 등을 돌리고 앉은 채 담담하게 답한다.

Ian   사랑하면 놀게 두세요.

엄마의 엄마

10월 2일 노인의 날을 이탈리아에선 festa dei nonni, 할아버지 할머니 축제의 날이라고 한다. Festa는 축제와 생일 두 가지 의미로 쓰인다. 아이는 생일로 이해했다.

Ian 엄마, 그거 알아? 몇 밤 더 자면 논니(nonni, 할아버지 할머니) 생일이래. 그날은 모든 할아버지 할머니가 다 온대. 그런데 그거 알아? 하늘에 있는 사람도 온다는데? 선생님이 그랬어. 그러니까 엄마의 엄마도 올걸?

Mom 정말? 엄마의 엄마도 온대? 이안이는 엄마의 엄마를 만나면 무슨 말을 하고 싶어?

Ian 살아서 축하해요. 다시 죽지 않게 해줄게요.

Mom 그런데, 그럼 그날 왔다가 그날이 지나면 다시 하늘로 가야 하는 거야?

Ian 어? 선생님이 그런 말은 안 해줬는데, 그건 모르겠어.

Mom 그래, 엄마의 엄마도 오면 참 좋겠다. 정말.

<h1 style="text-align:center">내가 그리고 싶은 그림</h1>

Ian 엄마, 난 유치원이 한글학교보다 더 즐거워.

Mom 왜? 한글학교가 재미있는 건 더 많이 하잖아?

Ian 왜냐면, 유치원은 내가 그리고 싶은 거 그리면 되는데, 한글학교에선 그리라고 하는 걸 그려야 해. 난 내가 그리고 싶은 걸 그리고 싶은데, 그게 더 즐거운데.

매력

. . . .

Mom   그거 알아? 이안이는 너무 매력적이고 사랑스러워.

Ian   알아, 근데 매력적인 게 뭐야?

Mom   이안이 생각엔 뭐일 거 같아?

Ian   반짝반짝하고…… 멋있는 거!

수수께끼 1
• • • • • • • •

이안이 문제:

Ian 왜 빛이 있으면 아이스크림이 흐를까요? 슬퍼서일
까요? 더워서일까요?

나뭇가지는 몇 시에 떨어질까요?

수수께끼 2
· · · · · · · · · ·

엄마 문제:

Mom   이안이는 왜 엄마 아들일까요?

Ian   왜냐면, 엄마가 좋아하니까.

Mom   이도는 왜 이안이 동생일까요?

Ian   왜냐면, 귀여우니까.

Mom   깜깜해지면 해는 어디로 갈까요?

Ian   해는 어디 가는 게 아니야! 달 뒤에 있어!

Mom   이안이는 어느 나라 사람이야?

Ian   당연히, 로마 나라 사람이지!

성당

••••

아침에 성당에 가야 하는데 굳이 가지고 나갈 장난감을 골라야 한단다. 짜증을 냈더니 한마디 한다.

Ian   엄마! 엄마는 기다릴 줄을 몰라?

고민 상담

• • • • • • • • •

종일 기분이 내려앉았다. 자신이 없는 기분이랄까. 별다른 이유가 있었던 것은 아닌데 그냥 모든 것이 버겁게 느껴졌다. 원인이 뭔지 모르겠으니 달리 하소연할 수도 없어 아이에게 기대 없이 물었다.

Mom 엄마는 종일 마음이 좀 그래. 이럴 땐 어떻게 해야 해?

Ian 마음이 아파? 그러면 이렇게, 크게 숨을 세 번 쉬어봐. 그리고 내일 아침엔 아빠 보고 유치원에 데려다 달라고 할게. 엄마는 집에서 5분 쉬어봐. 휴대폰으로 5분 맞추고, 아! 두 번 해서 10분 맞추고 좀 쉬어. 그런데 그 이야기하려고 나보고 옆에 누우라고 한 거야? 이제 됐어? 나 자러 가도 돼?

Mom 이안, 잠깐만. 그럼 이안이는 마음이 아플 때 어떡해? 유치원에서 그럴 때 없어?

Ian 아플 때 있지. 그런데 안 아플 때도 있어. 아프다가 안 아프다가 그래.

재미있는 노래

유치원에서 돌아온 아이가 신이 났다.

Ian   엄마, 오늘 유치원에서 재미있는 노래 네 개 배웠어.

Mom   우와~~ 엄마 들어보고 싶어.

Ian   하나는 이렇게 음와음와~

Mom   인디언 노래야?

Ian   맞아!! 인디언이라고 했어!! 엄마 어떻게 알았어? 그
리고 하나는 치네지노(cinesino, 이탈리아어로 중국
아이를 뜻한다) 노래야. 이건 노래하면서 이렇게 해.

이안이 손가락으로 눈을 길게 찢는 흉내를 낸다. 순간 얼
굴이 화끈거린다. 동양인을 비하할 때 하는 동작 아닌가?

Mom   그걸 누가 가르쳐 줬다고?

Ian   카를라 선생님(유치원 담임 선생님). 나랑 안나 마리
아에게만 하라고 했어. 진짜 재밌지? 난 너무 웃겨.

안나 마리아는 이탈리아 일본인 혼혈이다.

Mom　진짜야? 정말 카를라 선생님이 가르쳐 줬어?

심장이 벌렁거린다.

정말 몰라서

• • • • • • • • • •

Mom 카르멘, 이 동작 알아? (눈을 찢어 보이며) 이거 안 좋은 의미잖아?

Carmen 그건 누가 어디서 어떤 의도로 하느냐에 따라 다르지.

사실 이 대답을 듣는 순간에는 나의 지난 며칠간의 고민들이 눈 녹듯 사라졌었다.

Mom 이안이가 크리스마스 공연 준비를 하는 거 같은데 유치원에서 배웠대. 중국인 역할인 거 같은데, 난 기분이 좋지 않아.

Carmen 그거 알아? 난 중국인 혼혈이야. 할아버지가 중국인이야. 츄스라고 중국 이름도 있어. 난 어릴 때 친구들에게 종종 놀림을 당하기도 했어. 그런데 내가 어릴 땐 페루에 다른 인종의 사람들이 많지 않았어. 놀림을 당할 수밖에 없었을 거야. 그런데 지금 봐. 이탈리아는 정말 많이 개방되었고 다양한 인종의 사람들이 살고 있어. 이 아이들은 금발이든 흑

인이든 아시아 사람이든 아무런 느낌이 없어. 다르다고 생각하지 않아. 새로운 세대, 완전히 다른 세대인 거야. 우리들보다 나아. 오히려 부모들이 아이들보다 못해. 어른들이 더 성장해야 해. 넌 현명해. 우선 진정하지. 그리고 생각해. 그다음엔 기다려보지. 잘하고 있는 거야. 내가 아는 많은 엄마들이 화부터 내고 따지지. 그런데 중요한 건 내가 가지고 있는 감정을 아이에게 전이시키지 않는 거야. 너의 감정을 아이에게까지 느끼게 해서는 안 돼. 아이들은 부모의 감정을 따라가잖아. 난 남미 사람들을 나라별로 구별할 수 있어. 그런데 필리핀 사람들은 구별할 수 있을 것 같은데 그 외 아시아 사람들은 나에게 다 똑같아 보여. 중국인이냐고 물을 때 나쁜 의도가 있어서가 아니야. 정말 몰라서 그런 거지.

반 엄마, 제니퍼의 문자

Jennifer 어제 네가 반 단톡방에 올렸던, 공연 이야기를 듣고 정말 쇼크를 받았어. 그런데 사람들이 무엇이 문제인지를 인지하지 못하고 있음에 더 쇼크를 받았어. 어전히 이탈리아가 이렇게까지 시대에 뒤떨어져 있음을 깨달았어. 내일 아이를 데려다주면서 나도 선생님에게 이 문제에 대해 이야기하겠어. 이것을 문제로 여기지 않던 다른 엄마들의 문자 내용에 너무 부끄러웠고 너에게 미안했어. 혼자 힘들어 마. 도와줄게. 앞으로도 분명 이런 일들이 또 일어날 거야. 넌 계속 이야기해야 해. 나도 함께 이야기할게. 무언가 변화시키기 위해서 누군가는 말해야 해. 작지만 그것이 시작이야. 그것을 네가 한 거구. 정말 용기 있는 행동인 거 알지? 만약 이탈리아가 바뀌어 나간다면 우리 같은 평범한 사람들에게 감사해야 해. 특히 너, 이들의 사고방식을 바꾸기 위해 노력한 너와 같은 사람들에게 말이야.

교장을 만나다

· · · · · · · · · · · ·

Mom 당신들은 그런 의도가 아니었지만 우린 그렇게 행동
하면 인종차별을 당했다고 느낍니다. 지난주 이안이
가 아시아 사람을 보고 눈을 찢는 흉내를 냈습니다.
하지 말라고 했습니다. 하지만 이안은 학교에서 배웠
다고 대답했습니다. 제가 뭘 어떻게 할 수 있었을까
요? 학교에서 혹여라도 아이들이 이런 행동을 하면
선생님이 하지 말라고 제대로 가르쳐 주는 것이 마
땅한데 심지어 학교에서 행동을 하라고 가르쳐 주다
니요? 이안은 네 살입니다. 그것이 어떤 의미인 줄도
모르는 아이에게 동양인을 비하하는 억양, 표현을 공
연에서 시켰습니다. 스페인 혼혈인 당신의 딸이 학교
연말 공연에서 우스꽝스러운 스페인 사람 역을 맡아
멀쩡히 이탈리아어 발음을 잘하는데 굳이 과장된 스
페인 억양으로 이탈리아어 대사를 하라고 학교에서
시켰고 무대에 섰다고 생각해 보세요. 웃는 이탈리아
사람들 사이에서 당신도 함께 웃을 수 있나요? 이안
이가 중국 노래를 부르며 눈을 찢고 말도 안 되는 발
음으로 이탈리아어를 하는 것을 중국인 부모들이 본
다면 웃을 수 있을 것 같나요? 제가 이 학교에 아이

를 맡기고 곧 유치원에 입학할 딸까지 맡길 수 있나요? 생각해 보세요. 공연 준비를 하면서 당신은 물론 이 학교의 선생들 모두 봤을 텐데요. 그런데 제가 문제를 제기하기 전까지 아무도 무엇이 문제임을 깨닫지 못했습니다. 앞으로 또 이런 일이 없을 것이라고 저에게 이야기해 줄 수 있나요? 적어도 다문화를 표방하는 학교에서 우리들에 대해 알고 이해하고 있어야 하지 않나요? 전 이 학교를 믿고 아이를 보냈습니다. 물론 이안이가 이 학교 최초의 100퍼센트 아시아 아이이고 유일의 한국인임을 압니다. 그래서 학교 측에서 무지했다 할 수 있습니다. 하지만 이 학교에 아시아 아이들이 있고 앞으로 계속 아시아 아이들이 입학을 할 텐데 이러면 안 되지요. 이제 나에게 말해 보세요. 당신이 아이를 가진 부모로서 나에게 무슨 말을 해줄 수 있습니까? 제가 이해하라고요? 이안이보고 학교에 남으라고요? 아니면 학교를 떠나라고요?

니하오
· · · · · ·

Man   니하오~

    우리 옆을 지나던 남성이 두 손을 합장하며 인사를 했다. 아이가 귀엽다며 칭찬하던 일행이 장미꽃 하나를 우리에게 주었다. 애써 미소를 띠며 대답했다.

Mom   고마워요……. 그런데 우린 한국인이에요.

Man   아!! 미안합니다. 그런데 한국말 인사는 모르는데 어쩌지…….

    아이는 장미꽃에 그저 신이 났다.

Ian   엄마!! 너무 예쁘지? 엄마 너무 좋지? 엄마 꽃 좋아하잖아.

Mom   응, 너무 예쁘다. 집에 가면 병에 물 담아서 꽂아두자.

Ian   그런데 엄마?

Mom   응?

Ian　　　니하오라고 인사하면 꽃을 준다는 뜻이야?

　아이는 꽃을 보았는데 나는 가시를 보았다. 그들은 장미가 향기로워 선물했는데 장미에 가시가 있어 상처를 주려 한다고 생각했다. 그들이 차오 혹은 헬로라고 인사했다면 어땠을까? 니하오에 기분 나쁜 의도가 심겨 있는 것도 아닌데…… 향기로운 장미를 선물 받았는데 가시 돋친 장미를 주었다고 없는 상처도 스스로 만들었다. 가시 돋친 장미를 선물했다고 한들 그것을 향기로운 장미로 받으면 향기만 남는 것을…….

11月

두바이

· · · · · ·

Mom　이안, 근데 왜 안 물어봐?

Ian　뭘?

Mom　저기 까만 옷 입은 사람들 이상하지 않아?

Ian　응, 안 이상한데? 난 많이 봤어.

Mom　그래? 많이 봤어?

Ian　응, 닌자.

다 기억해

어렵게 시간을 만들어서 떠나는 여행에선 좀처럼 싸우지 않는 우리다. 그런데 성수기를 끝내고 홀가분하게 떠나는 여행에서는 어김없이 언성이 높아진다. 비극의 이유는 이 여행을 각자의 쉼으로 생각하고 떠나왔기 때문이다. 둘만의 여행이라면 순간순간의 쉼이 보장되지만, 부모가 되면 한 명의 전적인 쉼을 위해서는 다른 한 명은 아이들을 전담해야만 한다. 내가 더 희생했다고 생각하는 순간, 비극은 시작된다.

도발은 내가 했고, 평상시엔 참아주는 그가 이번엔 받아쳤다. 예상치 못한 순간에 눈물이 터졌다. 그도 울고 나도 울었다. 각자의 역할을 수행하면서 쌓여왔던 버거움과 부대낌이 터져버렸다. 그때 아이들이 다가왔다. 가만히 곁에 와서 우릴 안고 토닥였다. 어릴 적 엄마 아빠가 싸울 때면 그만 싸우라며 나도 울어버렸는데 두 아이는 그저 조용히 우릴 안아줬다.

폭풍은 지나갔다. 늦은 점심으로 컵라면을 끓였다. 컵라면을 먹으려는데 이안이가 물었다.

Ian   둘은 피단짜따(fidanzata, 애인)면서 왜 싸워?

Mom   이안이도 피단짜따 친구랑 싸우잖아.

Ian   맞네, 카를로타가 화내네.

Mom   그런데 카를로타는 왜 화를 내?

Ian   내가 카를로타가 하고 싶은 거 못 하게 괴롭혀서. 그
       런데 카를로타가 나처럼 괴롭혀도 나는 카를로타에
       게 화내진 않아. 그런데, 엄마랑 아빠는 싸우고 우니
       까 마음이 어땠어?

그 말에 또 울어버렸다. 내가 울자 아이는 어쩔 줄을 모르
며 미안하다고 했다.

Mom   아니야, 이안아. 이건 그래서 우는 게 아니야. 이안이
       는 엄마 아빠가 싸우고 울어서 마음이 어땠는데?

Ian   난 마음이 아프지. 내가 아기였을 때도 엄마와 아빠
       가 싸우면 마음이 아팠어. 난 다 기억나.

한국 휴가 중

외할아버지가 운전하는 자동차 안,

Ian   엄마, 나에게 세상에서 제일 어려운 문제를 내봐.

차 안에는 조용필의 노래가 흐른다. 우리가 잃은 것은 무엇인가~~ 얻은 것은 무엇인가~

Mom   우리가 잃은 것은 무엇이라고 생각해?

Ian   잃은 건, 요괴 메카드.

이안이의 장난감 요괴 메카드는 며칠 전 부서졌다.

Mom   그럼 우리가 얻은 건 무엇일까?

Ian   공룡 메카드.

이안이의 장난감을 외할아버지가 며칠 전에 사줬다.

내가 위로하러 왔어

Mom   그럼, 이안이가 세상에 온 이유가 뭘까?

Ian   오줌 쌀 거 같아서, 엄마 배 안에 쌀 순 없잖아.

Mom   이안이는 왜 엄마 아들일까?

Ian   그거야 엄마 배 안에 내가 있어서 그렇지.

Mom   이안, 사람이 행복해지려면 어떻게 해야 할까?

Ian   행복하려면 웃겨주면 돼.

Mom   웃겨줘?

Ian   응, 우는 사람을 웃게 하면 행복해지지.

Mom   우는 건 나쁜 거야?

Ian   그럼, 엄마 아빠 싸울 때 울잖아!

운전 중이던 할아버지가 뒤돌아본다.

Grandpa 엄마랑 아빠랑 싸웠어?

Ian   네, 로마 집에서도 싸우고 수영장 있는 집에서도
       싸웠어요. (여행하며 갔던 호텔 이야기인 듯.) 그
       리고 제가 엄마 뱃속에서 티브이를 보고 있었을 때
       도 싸우는 걸 봤어요.

Mom   넌 엄마 배 안에 있었는데 어떻게 봐?

Ian   왜 못 봐? 배 안에서도 다 보여~

할아버지가 이안이에게 다시 묻는다.

Grandpa 엄마 아빠 왜 싸우디?
Ian   그걸 제가 어떻게 알아요? 제 싸움이 아닌데.

집에 도착.

Ian   집에 도착! 할아버지 수고했어요잉~

할아버지가 손주에게 진지하게 묻는다.

Grandpa 니 좀 또라이가?

개새끼
· · · · · ·

나의 아빠와 나의 아들의 끝말잇기,

Grandpa 대나무.

Ian   무지개.

Grandpa 개새끼.

Mom   아빠!!!!!

그네
· · · ·

Ian   엄마의 엄마에게 닿을 만큼 세게 밀어줘!!!

12月

싸운 날

유치원을 마치고 나오자마자 날 안으며 아이가 말했다.

Ian   오늘 아침에 엄마와 싸우고 나서 내 마음이 부서지
        는 것 같았어.

난 어찌할 바를 모르겠다는 표정을 하고 있었던 것 같다.
내 손을 잡고 계단을 내려가며 아이는 마치 날 달래는 듯 말
했다.

Ian   걱정 마. 스티커로 붙이면 돼.

부모 망상
· · · · · · · · ·

아이를 재우고 유치원 가방을 정리하는데 그림이 그려진 종이를 하나 발견했다. 네 명의 등장인물, 검게 무작위로 칠해진 한 사람. 며칠 전 길에서 아이에게 소리치며 혼냈던 것이 떠올랐다. 그날 바로 풀었다고 생각했는데 아이의 마음에는 남아 있었나? 네 명 중 검게 얼굴과 몸을 그어놓은 이 사람이 나일까? 내일 아이에게 물어보자 생각하고 잠이 들었다.

아침엔 비가 왔다. 급히 준비해 아이들을 학교에 보내고 식탁을 치우다 그림을 발견했다. 아차! 물어본다는 걸 깜박했다.

남편에게 보여줬다.

Dad　이거 아빠래? 내가 최근 너무 심하게 혼냈나?

우린 각자 이 검은 사람이 자신이라고 확신하며 못내 마음이 쓰였다. 유치원에서 돌아온 아이에게 조심스럽게 물었다.

Mom　엄마랑 아빠가 물어볼 게 있는데. 이안이가 그린 그림에서 이 사람이 누구야?

Ian　　스파이더맨.

착한 일

• • • • • • •

Ian   엄마! 엄마! 나 산타가 이번 나탈레(Natale, 크리스마스)에 선물을 진짜 많이 줄 것 같아. 나 정말 착한 일을 했거든!!!!

Mom   그래? 어떤 착한 일을 했는데?

Ian   초콜릿 밖에 거 다 먹고, 안에 있는 콩은 이도 줬어.

1月

우리 안을까?

겨우겨우 달래서 둘째를 재웠는데 이안이가 방에 들어와 물을 달라고 했다. 순식간에 아이가 잠에서 깼다. 이성을 잃었다.

Mom   동생 재운다고 했잖아!! 너 혼자서 물 못 마셔? 식탁에 있잖아!! 이도!! 왜 안자?! 방에서 나오지 말라고 했잖아!! 자라고!! 자야 한다고!!

애는 울고 나는 속상하고 하필 날은 너무 좋구나. 나는 집에서 뭘 하고 있는 거지? 눈치를 보던 이안이가 날 쳐다봤다.

Mom   뭐! 왜! 엄마한테 할 말 있어?! 말해! 뭔데?!
Ian   엄마가…… 너무 좋다고……. 엄마, 우리 안을까?

<일간 이슬아>[1]
· · · · · · · · · · · · ·

요즘 이슬아 작가에게 푹 빠져 있다.

Mom   이슬아 작가는 아침에 일어나 물구나무서기를 하고 조깅을 한대. 글을 쓰는 데 가장 중요한 건 체력이거든. 그리고 매일 일정한 시간에 글을 쓴대. 매일 글을 써서 사람들에게 보여주다니 너무나 대단하지 않아? 무엇보다 글을 너무 잘 써. 너무 좋아. 너무 대단해. 글을 쓰면 쓸수록 확실해져. 분명 타고나게 글을 잘 쓰는 사람이 있어. 하지만 결국은 얼마나 꾸준하게 지속적으로 글을 쓰느냐의 문제인 거 같아.

한참 동안 듣고 있던 그가 말했다.

---

1   대한민국의 작가. 2018년, 본인이 쓴 글을 독자 이메일로 보내준다는 구독형 메일링 서비스 <일간 이슬아>로 큰 호응을 얻었다.

Dad   난 그 이슬아 작가의 글을 읽지 않아서 얼마나 글을 잘 쓰는지 알지 못해. 매일매일 글 쓰는 것도 대단하다고는 생각해. 하지만 아이가 없잖아. 난 이곳에서 아이 둘을 키우며 글을 쓰기 힘든 상황에서 매주 글을 쓰는 민주가 더 대단하다고 생각해. 그건 정말 대단한 거야. 그리고 난 민주의 글이 좋아. 정말 잘 쓴다고 생각해. 어떤 글이 잘 쓴 글인지 난 모르지만, 민주 글에는 감정이 느껴져. 난 그런 글이 잘 쓰는 글이라고 생각해. 멋진 거야.

내 앞의 생

• • • • • • • • •

그녀(She)는 1984년에 로마에 와서 20년을 살고 한국에 돌아갔노라 했다. 2000년을 대희년이라고 불렀다. 1980년대 초에서 2000년대 초까지의 20년은 우리가 상상하는 이상으로 더 이탈리아다웠을 거다. 지금이야 느리다 느리다 해도 인터넷은 되지 않는가.

She 너무 힘들더라고, 다시 적응하는 게. 그것도 내 나라에서 다시 적응해야 한다는 게 좀 그랬어. 그래서 글을 썼는데 그게 기억하고 남겨야 해서가 아니라 놓아버리려고. 내가 한국에서 적응하려면 로마를 놓아줘야 하더라고.

Mom 저도 그래서 글을 쓴 것 같아요. 아이를 키우는 것도 힘든데 해외에서 산다는 것도 쉽지는 않고, 힘들어서 뭐라도 해야 하니까 썼어요. 그런데 쓰고 나면 그게 빠져나가더라고요. 뭐, 빠져나간 자리에 다음 힘듦이 들어오지만, 그러면 또 쓰고.

She 내가 한국 가니까 알겠더라고. 여기 참 좋아. 좋은 곳이야. 이스라엘, 이집트도 가봤어. 그런데 거긴 종교

적으로 민족적으로 분쟁이 있는 나라이다 보니 다들 좀 화가 있어. 여긴 그런 게 없지. 그래서 여기 사람들은 화가 없어. 밝아. 긍정적이고. 뭐, 우리가 여기에서 힘든 게 왜 없겠냐만 그건 우리가 외국인이라서 그렇지, 그래 버리면 되잖아. 여긴 감정 노동자의 스트레스가 없는 곳이야. 한국에서의 진상? 갑질? 그런 거 하면 당장 쫓겨 나가지. 안 그래?

난 여기 이탈리아에서 철학, 신학 공부를 했어. 나 땐 가이드가 다 아르바이트였는데, 그들이 설명하는 내용이 죄다 내가 대학에서 공부한 거잖아. 그때 그런 생각이 들더라고. 신은 다 내가 먹고 살 길을 마련해 놓으셨구나. 시간이 지나 다시 와보니 가이드가 직업이 되어 있었어. 근데 그쪽은 어떻게 왔어? 아~ 가이드하러? 거봐, 가이드를 하러 이탈리아에 오는 사람도 생기고.

난 지금 한국에서 교수를 해. 여름엔 딸 보러 로마에 와서 가이드도 하곤 해. 한국에선 교수가 가이드를 한다고 왜 그러냐 그러지. 그러면 말해. 로마의 가이드는 다들 엄청 공부하고 심지어 전공한 사람들도 한다. 그곳의 가이드야말로 가이드, 단어 본연의 뜻 그대로의 가이드라고.

로마에서의 삶이 깊고 길어질수록 우리 앞을 사셨던 분들을 존경하게 된다. 매년 새해에는 헤어짐과 만남이 공존한다. 우린 머묾을 선택했으니 헤어짐에 의연해져야 한다. 그리고 떠남이든 머묾이든 어디에서나 놓을 줄 알아야지만 진짜 정착이 가능해진다. 그래도 다행인 건 그 놓아버린 자리엔 어느새 무언가가 채워진다는 거다. 다들 그렇게 각자의 방향으로 나아간다.

반짝반짝

· · · · · · · ·

Ian 엄마, 안토니오는 정말 축구를 잘해!

Mom 안토니오의 형이 축구선수인 거 알지? (안토니오의
형은 중학생 축구팀에 속해 있다.) 안토니오는 매일
형과 축구를 한대. 집에서도 학교 안 가는 날에도. 이
아이는 학교에서 축구하는 날만 하는데 안토니오는
매일매일 하니까 잘하는 걸 걸?

난 아이가 부러워서 그런 말을 하나 보다 싶어서 내 딴엔
'형이 있어 그런 거야, 부러워할 것 없어'라고 말해주고 싶었
다.

Ian 흠…… 엄마, 내 생각에는 안토니오가 축구를 좋아
해서 그런 거 같아. 좋아하면 반짝반짝하거든.

덕분에
· · · · · ·

Ian 엄마, '덕분에'는 이탈리아 말로 어떻게 말해야 해?

Mom 덕분에? 덕분에…… 잘 모르겠는데…….

Ian 왜 몰라? 엄마는 다 알잖아. 어제 축구를 하는데 안
토니오가 골을 넣어서 우리가 이겼어. 난 안토니오
에게 너 때문에 우리가 이겼어, 라고 말하고 싶어서
"colpa tua"라고 했어. 그런데 안토니오가 화를 냈
어. 너 때문에 이겼다고 말해도 되는 거 아냐? 그래
서 생각해 보니까 '덕분에'라고 말하는 게 맞는 거
같아서. 그런데 덕분에를 이탈리아 말로 어떻게 말하
는지 몰라서……. (여기서 "콜파투아, colpa tua"는
한국어로 번역하면 '너 때문에'다. 이 표현은 누군
가의 잘못이나 실수로 문제가 발생했을 때 '네 탓이
야!'라는 의미로 사용한다. 한국어로 '너 때문에'를
'네 탓이야'와 '네 덕분에' 두 가지 의미로 사용할 수
있다고 알고 있는 이안은 'colpa tua' 또한 두 상황
모두에서 사용할 수 있다고 생각했다. 안토니오는 자
신 덕분에 경기에서 이겼는데, 이안이 "네 탓이야!"
라고 말하니 화가 났던 것이다. 이탈리아어로 '네 덕
분이야'라고 표현할 때는 '그라찌에 아 테, grazie a

te'라고 말한다.)

Mom　한국말처럼 이탈리아 말을 하고 싶은데 잘 안돼서
　　　학교에서 답답해?

Ian　응? 그건 잘 모르겠는데? 지금 중요한 건 그게 아니
　　　고. 엄마, 엄마는 꼬리가 아홉 달린 여우가 있는 거
　　　알았어? 난 그 여우한테 잡힌 사람을 봤어!! 그런데
　　　세상에는 괴물이 없지?

2月

보물

• • • •

Ian	엄마의 보물은 뭐야?
Mom	엄마의 보물은 아빠야.
Ian	왜 엄마의 보물이 아빠야? 난 엄만데…….
Mom	아빠가 보물이면 이안이도 이도도 다 함께 보물이라는 뜻이야. 우리가 다 보물이라는 뜻이야.

<미래의 미라이>[2]

．．．．．．．．．．．．．．．

    아이와 <미래의 미라이>를 보고 있는데 미라이의 오빠인 쿤짱이 동생을 괴롭히다 엄마가 말리자 순식간에 기차 장난 감으로 아기를 때리려는 장면이 나왔다. 내가 오버스럽게 어머!! 때리려는 거야? 하고 놀라는데 다 알고 있다는 듯 의기양양한 눈빛으로 아이가 말했다.

Ian   엄마!! 난 저 애가 왜 저렇게 했는지 알아!!!

Mom   응? 알고 있어?!

Ian   동생을 없애려고 그런 거야. 왜냐면 아기 때문에 엄마가 사랑을 안 해주니까!

    <미래의 미라이>에는 워킹 맘, 육아휴직 중인 아빠, 동생이 태어난 오빠, 미래에서 온 여동생이 나온다. 동생을 받아들이는 오빠의 이야기 같지만 결국은 처음 맞이하는 상황 속에 각자가 적응하고 성장하고 포기하는 이야기다.

    보다 보면 뭐든 당연한 건 없구나 싶다. 당연히 엄마가 되

---

2   애니메이션 <시간을 달리는 소녀>, <늑대아이>를 감독한 호소다 마모루의 작품. 국내에서는 2019년에 개봉했다.

는 것도 아니고 당연히 아빠가 되는 것도 아니고 당연히 오빠가 되는 것도 아니다. 동생을 없애버리고 싶은 마음이었구나. 그 정도의 마음에서 동생을 받아들이기로 자신을 다잡는 거구나. 이거야말로 정말 멋진 거야.

나쁘면 학생이 되어야 합니다

Ian 엄마, 엄마는 왜 엄마들 중에 제일 작아? (키가 작다는 뜻인 듯.) 우리 학교에는 키가 제일 큰 남자가 있는 거 알아? 플라비오!! (체육 선생님으로 키가 한 2미터는 되어 보임.) 그런데 키는 제일 큰데 마음은 제일 작아!! (의문의 1패.) 왜 마음이 작냐고? 다 안 된대!! 다 하면 안 된대!! 그런데 선생님은 안 지키고!! 그러면 누가 제일 나쁜 거겠어? 어? 어? 누가 제일 나쁜 거야? 선생님이지?! 나쁘면 어떻게 해야 하겠어? 그러면 학생이 돼야지!

반전

· · · ·

Ian　엄마, 이도가 세 살이 되면 유치원에 가는 거야? 그런데 말을 해야 하는데……. 유치원에는 다 말을 하거든. 한국말 말고 이탈리아 말을 해야 해. 그리고 영어도 하고 스페인 말도 해야 해. 집에서는 한국말 하고 학교에서는 이탈리아 말하는 거 힘드냐고? 안 힘들어. 난 혀가 네 개거든. (이탈리아어로 언어는 'lingua'라고 한다. 여기에는 '혀'라는 뜻도 있다.) 왜 내가 아기 때 이탈리아 말만 했냐고? 비밀인데, 사실은 말이야. 장난친 거야. 다 아는데 그냥 이탈리아 말만 한 거야.

남자, 여자

Ian 엄마, 난 이도가 계속 작으면 좋겠어. 크면 안 귀여워지잖아. 뭐? 난 커서 안 귀엽냐고? 난 아기 땐 귀여웠는데 크니까 멋지지. 이도도 커지면 멋질 거라고? 그런데 이도는 여자잖아. 멋진 건 남자 아니야? 아~ 맞다! 여자도 멋지고 남자고 예쁠 수 있어!! 선생님이 여자도 축구할 수 있고 남자도 춤출 수 있대!! 기억나? 나 아기 때 춤췄던 거!!! 생각해 보니까 이도가 커져도 귀여울 거 같아.

행복

· · · ·

Mom   이안, 모두가 행복할 수 있어?

Ian   아니.

Mom   모두가 행복해지는 방법은 없는 거야?

Ian   그럴 순 없어. 슬픈 사람이 있으면 그 사람이 좋아하는 걸 줘야 해. 죽은 사람이 있으면 눈물을 흘려야 해.

Mom   무슨 말이야? 기분이 좋은 사람도 있지만 슬픈 사람도 있다는 거야? 그러면 행복한 사람이 슬픈 사람을 위해 무언가를 줘야 해? 울어주고? 그래서 모두가 행복할 수 없다는 거야?

Ian   응, 그리고 기분이 좋고 행복하다가도 안 좋은 일이 생겨. 그러면 화도 나고 슬프잖아. 계속 기분이 좋지는 않아.

3月

의문 1

·····

Ian   엄마, 사람 눈은 다 달라?

Mom   무슨 뜻이야? 엄마가 이해할 수 있게 말해줘.

Ian   죠반니는 못생겼어. 이렇게~ 생겼고 맨날 코딱지 파고. 그런데 안토니오는 죠반니랑 놀아. 안토니오 눈에는 죠반니가 멋있어 보이나 봐.

의문 2

·······

Ian   엄마, 선생님은 왜 안 지켜?

Mom   무슨 뜻이야? 엄마가 알아듣게 말해봐.

Ian   선생님은 말하는 걸 하나도 안 지켜. 조용히 하라면서 선생님은 조용히 하라고 계속 말해. 청소하라고 하면서 선생님은 청소를 안 해. 왜 그런 거야?

설마

····

Mom　이안, 지난주에 한글학교에서 연에 그렸던 게 뭔지 기억나? 맞아, 태극기야. 그게 우리나라 국기야. 이탈리아는 초록색, 흰색, 빨간색이지? 우린 빨간색, 파란색이야. 그런데 그때 외쳤던 거 기억나? 대한 독립 만세, 라고.

아주 오래 전에 한국을 일본이 빼앗아 갔어. 일본이 우리에게 우리말도 못하게 하고 우리 이름도 못쓰게 한 거야. 그런데 3월 1일에 모두가 함께 대한 독립 만세라고 외쳤어. 우리나라를 다시 되찾기 위해 한국의 모든 사람들이 대한 독립 만세라고 외친 거야. 대단하지. 그 덕분에 이안이도 엄마도 이안이 말을 하고 이안이 이름을 쓸 수 있는 거야. 이안이 말이 없어 봐? <터닝 메카드>도 <다이노 코어>도 어떻게 보겠어? 그런데 이안, 그거 알아? 우리말을 만든 왕이 있어. 그 왕의 이름이 뭔지 알아? 이도야!!!!

Ian　설마!!!

Mom　진짜야!!!!

Ian   그런데 엄마, 난 안나 마리아 좋아하는데. 안나 마리아는 내 친군데……. (안나 마리아는 일본 이탈리아 혼혈이다.)

Mom   괜찮아, 지금은 한국이랑 일본이랑 친해.

Ian   그럼 내 이름은?

Mom   엄마와 아빠가 정말 좋아하는 영화가 있어. 어떤 형이 바다 위에서 100일 넘게 호랑이와 함께 배를 타고 있는 거야. 고래도 나오고 엄청 많은 해파리도 나와. 엄마는 열 번도 넘게 봤어. 이안이가 엄마 뱃속에 있을 때 계속 봤어. 정말이야. 너무 멋진 영화야. 그 영화를 만든 사람 이름이 이안이야.

Ian   설마!!

Mom   다음에 엄마랑 같이 보자. 너도 좋아할 거야.

큰마음

큰마음을 먹고 아이의 친구를 집에 초대했다. 친구를 집에 부르는데 무슨 큰마음까지 필요하냐고 물을지 모르지만 마음의 준비가 필요했다. '한식을 매일 먹는 집에서 우리는 깨닫지 못하는 특유의 냄새가 있으면 어쩌지?' 부터 '친구 엄마와 집이라는 공간에 둘만 있으면 어색할까?' 까지.

결코 마음 편한 초대가 아니다. 생각해 보니 한국인이 관련되어 있지 않은 이탈리아 사람을 집에 초대한 것이 10년을 넘게 이탈리아에 살면서 처음이다. 아이는 자주 물었다. 한국 친구 말고 이탈리아 친구는 왜 집에 놀러 오지 않느냐고⋯⋯. 그래, 이게 뭐가 그렇게 힘들 일이야?

집으로 돌아오는 길에 즉흥적으로 친구를 초대했다. 아이들은 아쉬울 만큼 놀았고 엄마끼리는 사는 이야기를 나눴다. 또 놀러 오고 싶다는 아이와 또 놀러 오라는 두 아이의 인사가 끝이 나고 다시 일상의 오후 풍경으로 돌아왔다. 이것 봐, 어려울 것 하나도 없다.

4月
골키퍼
· · · · · · · ·

Mom　왜 골키퍼만 해? 친구들처럼 골 넣고 싶지 않아?

Ian　안 달리고 싶어.

5月

신

Ian　　엄마, 예수가 커지면 이름이 뭔지 알아?

Mom　　예수가 크면? 예수는 커도 예수 아냐?

Ian　　아닌데? 예수가 크면 이름이 달라져. 크면 이름이 디오(Dio, 신)가 돼!

사랑을 느끼는 법

아이와 읽은 책 속의 질문:

"엄마가 나를 사랑하고 있다는 것을 어떻게 느낄 수 있나요?"

Mom　이안이는 어떻게 느낄 수 있어?

Ian　엄마가 웃으면.

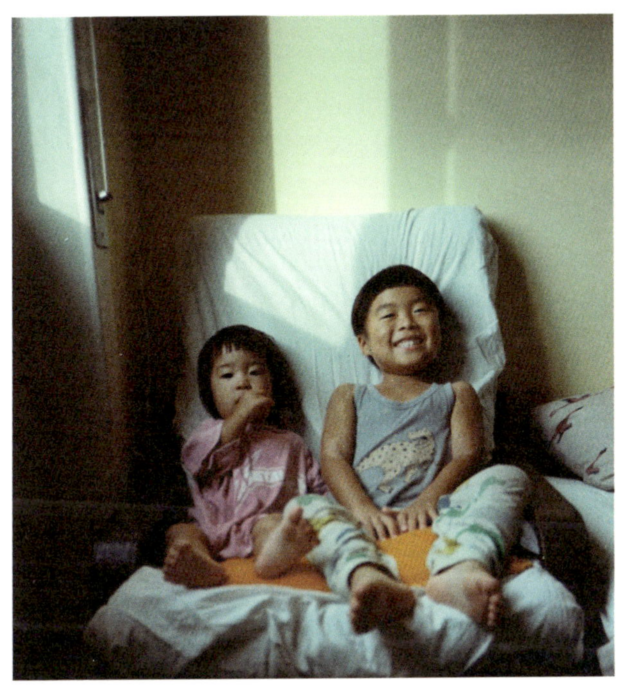

마법

단단히 토라진 아이,

　사랑한다는 말도 안 먹히고 미안하다는 말로 쉽게 구슬려 보려 했더니 나의 얄팍한 수가 뻔히 보였나? 아이가 소리친다.

Ian　'미안하다'가 마법이야? 화 안 나게 하는 마법이냐고! 기다려야지! 내가 기분이 좋아질 때까지 기다려야지.

슬픔은 다 지나가

1년 전, 아이의 아토피가 극에 달했던 사진을 보고 있는데 아이가 다가왔다. 아이는 불과 1년 전의 자신의 살을 기억하지 못했다.

Mom 기억나? 여기가 되게 빨갛고 많이 긁었잖아. 그런데 지금은 좋아졌지? 수고했어. 대단해. 그래서 말인데…….

조심스럽게 말을 꺼낸다.

Mom 이제 1년이 지나서 정말 좋아졌는지 봐야 한대, 의사 선생님이. 그래서 다시 피를 뽑아야 하는데…….

아이는 벌써 눈물이 맺혔다.

Ian 그거 아픈 거 아냐? 나 옛날에 그거 할 때 울었어?

말을 멈추고 아이를 달랬다.

Mom 이안, 저번에 밧치노(vaccino, 예방 주사) 맞을 때 얼마나 아팠는지 기억나? 1년 전에 얼마나 간지러웠는지 기억나? 이도가 얼굴 긁었을 때 아팠던 거 기억나? 거봐, 기억 안 나지? 그러면, 수영장 있는 집에서 놀았던 건? 바다 가서 양꼬치 먹은 건? 엄마가 일본에서 포켓몬 사 온 건? 런던 이모가 스틱맨 인형을 사준 건? 다 기억나지? 거봐, 슬픈 거 아픈 거 힘든 건 다 사라져. 하나도 기억 안 나. 그런데 즐거운 거 행복한 거 웃은 건 다 생각나. 엄마는 이안이랑 웃은 건 하나도 안 잊어버렸어. 모두 생각나. 이안이도 그래? 피 뽑을 때 아플 거 같지만 그거 하나도 기억 안 날 거야. 아프고 슬픈 건 다 지나가. 다 지나가 버려.

둘째
• • • •

　매일매일 전혀 생각지도 못한 일들을 펼쳐놓는 둘째 덕에 난 마치 아이를 처음 키워보는 것처럼 허둥지둥 갈피를 못 잡고 휘청거린다. 이럴 땐 첫째에게 답을 구할 수밖에 없다.

Mom　　이안, 이도는 왜 엄마 말을 안 들을까?

Ian　　그건 엄마가 잘 안 해줘서 그렇지.

Mom　　이안이에게도 엄마가 잘해주는 것 같지 않은데 왜 엄마 말 듣는 거야?

Ian　　난 혼날까 봐 그렇지.

Mom　　이도도 엄마가 혼내는데?

Ian　　아~ 그냥 해달라는 거 다 해줘. 그럼 돼.

내가 위로하러 왔어

걱정

• • • •

아침에 일어난 이안이의 기침이 심해 유치원을 안 보냈다. 점심을 식당에서 먹고 싶다 하여 때마침 쉬는 남편과 외식을 했다. 셋이 밥을 먹는데 마치 친구와 함께 식사를 하듯 아무런 불편함(?)이 없었다.

남편과 눈빛을 주고받았다. 다 컸네. 이제는 어디를 같이 다녀도 안 힘들 것 같아. 그리고 우린 깨달았다. 둘째가 태어나고 셋이 외출을 해본 것이 처음이었다. 그때 마침 이안이 먹는 것을 멈추고 심각한 얼굴로 자못 진지하게 물었다.

Ian   우리 셋이 이렇게 같이 있는데, 이도는 혼자 있어서
       어떡해?

Un sorriso per la mamma

Per la tua festa, cara mammina,

Ti avevo scritto una canzoncina

Ma un uccellino ha beccato le note e mi ha lasciato le

pagina vuote.

Quindi ho pensato, con gran coraggio, di preparati una

torta al formaggio

ma due topini furbetti e veloci l'hanno nascosta tra i

gusti di noci.

Presto ho cucito un vestito di seta Ma così stretto.... da

mettersi a diata!

E la sciarpetta da me disegnata?

Una fatina me l'ha trasformata!

Scusami tanto, mammina mia,

ti ho raccontato qualche bugia······.

per regalarti un dolce sorriso e farlo splendere sul tuo

bel viso.

엄마를 위한 웃음

사랑하는 엄마, 엄마를 위한 축제의 날이에요.

엄마를 위한 노래를 만들었어요.

그런데 작은 새가 악보를 물어가 버리고 빈 페이지만 남겨놓았어요.

그래서 전 큰 용기를 내어 엄마를 위해 치즈 케이크를 만들어 보기로 했어요.

그런데 못된 생쥐 두 마리가 도토리 사이에 재빨리 숨겨버렸어요.

전 빨리 실크 드레스를 만들었죠. 그런데 왜 이렇게 작아진 거죠? 마치 다이어트를 한 것처럼!

제가 디자인한 스카프는 또 어떻게요? 작은 요정이 다 망쳐버렸어요.

사랑하는 나의 엄마, 정말 미안해요.

이런 거짓말들을 늘어놓아서…….

엄마에게 달콤한 웃음을 선물하고 싶었어요. 그 웃음이 아름다운 엄마의 얼굴을 빛나게 해주길 바라요.

소리 나는 대로 쓰는 편지
· ·

아이가 실수로 컵을 깼다. 심하게 화를 냈다. 유리 조각을
다 치우고 나니 아이가 부엌문 앞에 서서 편지를 건넨다. 쓰
기가 서툰 아이는 소리 나는 그대로 종이에 옮겼다.

Mamma e il coricino,

A te scusa che ho fatto cadere la bottiglia.

엄마, 엄마를 위한 하트들이야.

내가 컵을 떨어뜨려서 미안해.

분홍색

· · · · · ·

Ian　엄마, Sky는 왜 그 스키가 아니고 스카이야? (스카이는 이안이 반에 전학 온 중국인 친구다.)

Mom　아~ 그게 Sky를 영어식으로 읽으면 스카이라고 읽어.

Ian　엄마, 스카이도 이름이 세 글자고 나도 이름이 세 글자야.

Mom　그렇네! 다른 친구 중 또 세 글자가 있나?

Ian　없어. 엄마, 그런데 스카이 얼굴이 갈색인 거 알아?

Mom　갈색인가?

Ian　응, 갈색이야. 그리고 나도 갈색이고. 그런데 다른 친구들은 분홍색이야. 나도…… 분홍색이면 좋은데.

Mom　에이~ 여기 이탈리아 사람들은 갈색이고 싶어서 태양에 막 태우고 그래, 갈색 되려고. 엄마는 갈색이 좋은데. 너무 매력적이잖아. 이안이 매력적이야. 매력적인 게 뭔지 알지?

Ian　알아……. 멋진 거.

합리적인 의심

· · · · · · · · · · ·

Ian   아니, 뽀로로는 할 줄 아는 게 없는데 왜 주인공이야?

6月

비밀

••••

주말 내내 열심히 뛰어놀았던 아이는 일요일 오후에 잠들어 월요일 아침이 되어서야 개운한 얼굴을 하고 깨어났다.

며칠 전 축구팀 이야기를 들려주는데 내가 알아듣지 못하자 엄마는 엄만데 왜 몰라! 화를 냈다. 아이에겐 엄마가 모르는 것이 있다는 것이 그리도 화가 나는 일인가 보다. 로마의 학교에서 듣고 오는 이야기를 한국의 학교에서 공부한 엄마가 모를 수도 있다고 하니, 잠시 생각에 빠졌다. 그리고 나의 손을 잡더니 자신의 뺨 가까이 나의 얼굴을 끌어당기고 아주 비밀스러운 이야기를 들려주었다.

lan   엄마, 사실 나도 로마 학교에 다니고 있지만 로마 말을 다 알아듣는 건 아니야.

한국에서 살아야 하는 이유

• • • • • • • • • • • • • • • • • • •

Ian　　난 한국인인데 왜 이탈리아에 있는 거야? 놀러 온 것도 아니고 왜 이렇게 오래 있는 건데?

Mom　　무슨 소리야? 갑자기?

Ian　　한국인인데 왜 이탈리아에 있냐고! 할아버지 집에 있으면 요구르트 많이 먹을 수 있는데!

Mom　　너 아침에 요구르트 못 먹게 해서 그러는 거야? 하루에 하나만 먹으라고 그래서? 한국 가면 많이 먹을 수 있어서 가고 싶다는 거야?! 그럼 오늘 학교 마치고 집에 오면 엄마가 한 줄 다 마시게 해줄게!

Ian　　정말?

Mom　　그래! 빨대를 다 꽂아서 한꺼번에 마시는 거야!! 어때? 이젠 이탈리아에 있어도 괜찮아?!

Ian　　응! 괜찮아! 진짜지? 정말 다 줄 거지??!!

고백

. . . .

　유치원에서 나오던 이안이 나를 보자마자 시무룩하게 말했다.

Ian　엄마, 난 사실 이탈리아 말을 잘하지 못해. 뻬로(però, 그런데)라고 해야 하는데 자꾸 엄마라고 하고 però라고 말하게 돼.

Mom　응? 엄마하고 però라고 한다고?

Ian　'ma però' 이렇게. 그런데 친구들이 이건 욕이래. 그런데 자꾸 그렇게 말하게 돼.

Mom　기다려 봐.

　집으로 걸어가다 곧장 근처 바(bar)로 들어갔다. 커피를 만들고 있던 주인과 자리에 앉아 있는 사람들에게 물었다.

Mom　저기 우리 아들이 이렇게 이야기하는데, 내가 확실하게 몰라서 그러는데 ma però가 욕이야? 아니야? 그러면 이건 어떤 상황에서 쓰는 거야? però와 ma però가 어떻게 다른 건데? 그래? 고마워!

바에서 나오면서 이안에게 물어본 내용들을 설명해 주었다.

Mom 이안, 들었지? 욕이 아니래. 친구들이 또 그러면 선생님한테 같이 가서 물어보자고 해. 이안이는 곧 초등학교에 들어갈 거잖아. 초등학생이 되면 이탈리아 말을 학교에서 가르쳐 줘. 다섯 살은 틀리는 게 당연해. 그래서 여섯 살이 되어야 글씨 쓰는 걸 배우는 거야. 알겠지?

Ian 선생님한테 안 물어볼 거야. 부끄럽잖아. 그리고 나 사실은 네 살이야. 다섯 살보다 키가 작거든!

Mom 키랑 나이랑 상관없다니까! 생일 다섯 번 했으면 다섯 살이라고!!

로마가 공사 중인 이유

. . . .

날도 더운데 길 곳곳에 공사 중이라 투덜투덜 불평을 했
다. 듣고 있던 아이가 한마디 한다.

Ian   로마를 예쁘게 해주려고 그런 거겠지. 똥도 좀 치우
고, 더 화려하게 해주려고.

다 아는 이야기
· · · · · · · · · · ·

Mom 그거 알아? 이안, 넌 너무 사랑스러워.

Ian 알고 있으니까, 그만 이야기해.

Mom 응? 알고 있었어?

Ian 맨날 이야기하는네 어떻게 몰라?

세상
· · · ·

Ian 세상은 누가 만든 거야? 세상은 뭘로 만들어진 거
야?

Mom 세상에서 가장 중요한 건 공기야. 그리고 물 그리고
땅이지. 이안이는 또 뭐가 중요한 것 같아?

Ian 음…… 태양! 추울 때 태양 아래 있으면 따뜻해져. 없
으면 너무 춥지.

Mom 그리고 사랑이 있어야 해.

Ian 엄마, 세상 이야기 더 해줘.

유치원 졸업식

Chus 교장 선생님 우린 태어나는 곳을 정할 수는 없지만, 우리가 살 곳을 선택할 수는 있습니다. 우리 아이들은 새로운 춤을 출 준비가 되었습니다. 모든 마지막 이후엔 새로운 시작이 있습니다. 한 페이지를 넘길 때마다 다음 장이 열립니다. 우리의 아이들이 삶으로의 여행을 나섭니다. 그 모든 순간에 기쁨과 환호가 함께할 것입니다. 오늘의 공연은 여러분의 심장을 뜨겁게 하고 마음을 열어줄 것입니다. 극장이 떠나가도록 박수 쳐주세요. 여러분, 우린 태어나는 곳을 정할 수는 없지만, 우리가 살 곳을 선택할 수는 있습니다. 새로운 모험이 시작됩니다.

....
내가 위로하러 왔어

사랑

. . . .

3년 전 함께 찍은 사진을 보는 중,

Ian   엄마, 이때처럼 사랑해 줘.

7月

울어야 해 1

· · · · · · · · · ·

아이에게 작은 선물을 했다. 이전부터 해보고 싶어 했던, 핀셋으로 작은 구슬을 옮겨 모양을 만드는 거였다. 시간은 오래 걸렸지만 아이는 집중했고 완성했다. 물을 뿌리면 구슬들이 서로 붙어 하나의 모양을 만들어야 하는데 저렴한 것을 사서 그런지 질도 저렴해서 제대로 붙지 않고 후드득 떨어졌다. 아이는 화가 났다. 능숙하지 못했고 그럼에도 불구하고 노력했으나 결과가 마음에 들지 않았다. 감정이 폭주해 아이는 크게 울었다. 급기야 소리를 지르기 시작했다.

Ian   엄마 때문이야! 난 작아서 잘 못해!

얼마나 소리 내어 울었을까. 아이에게 다가갔다.

Mom   이안, 다시 해봐. 그럼 아까보다 더 빠를걸? 울어야 해. 울어야지 잘하게 되는 거야. 못해야 해. 못해야지 잘하게 되는 거야. 수영 시작할 때 정말 많이 울었던 거 기억나? 그때 울어서 지금 수영을 잘하게 된 거 잖아. 글을 못 읽었던 거 기억나? 그런데 어느 날 이

· · · · · · · · ·

안이가 '로마'라고 읽었잖아. 모르고 잘 못하고 계속 울 것 같지? 아니야. 어느 날 눈을 떴는데 갑자기 글을 읽을 수 있게 돼. 수영을 하게 돼. 그런데 그전에 꼭 울어야 해. 꼭 잘 못해야 해. 그게 없으면 아무것도 이루어지지 않아. 울어도 계속해야만 그렇게 되는 거야. 어때, 이제 좀 괜찮아졌어? 아니야? 아직도 더 울고 싶어? 그럼 엄마는 이제 밥하러 갈 거니까 더 울고, 다시 하고 싶을 때 이야기해 줘.

울어야 해 2

이탈리아의 여름 바닷가는 아이들 유흥의 천국이다. 밤 12시까지 숍들이 문을 열고 밤새 오락실이 성업이다. 매일 밤 오락실은 아이의 큰 즐거움이었다.

둘째가 잠이 들어 오락실 밖에서 기다리는데 신나게 들어간 아이가 울면서 나왔다. 잘하고 싶던 게임이 잘 안 풀렸나 보다. 달래던 아빠에게 끝내 혼이 났다. 결국 이안은 울음을 삼키며 숙소로 돌아왔다.

다음 날, 남편은 둘째를 재우려 숙소에 돌아가고 난 아이와 센터에 남아 오락실로 향했다. 전날 울게 했던 게임을 했는데 꽤 잘했다. 신이 나서 몇 번을 더 했다. 오락실을 나온 우린 멋진 팀워크에 흥분했다.

Mom   대단해!!! 정말 잘하잖아!! 이안이 덕분에 엄마도 잘했던 거 같아!!!

Ian 아니야!! 엄마도 잘했어!! 엄마의 응원이 없었다면 그
렇게 잘할 수 없었을 거야!! 그런데 내가 왜 잘한 줄
알아? 어제 울었거든. 엄마가 그랬잖아, 울어야 잘한
다고. 어제 울어서 오늘 잘한 거야. 어제 잘 울었다.
우린 정말 멋진 팀이야. 그렇지?

Ian   커져서 하늘에 가면 다시 내려올 땐 아기가 되는 거
야?

왜 커지면 엄마 아빠랑 함께 살 수 없는 거야?

왜 달에는 토끼가 있어?

달에서 만든 떡이 떨어지면 어떻게 되는 거야?

왜 아빠는 일하는 거야?

저 할아버지는 왜 밖에서 자고 있어?

왜 집이 없는데?

왜?

• • •

Ian 왜 커지면 엄마 아빠랑 함께 살 수 없는 거야?

Mom 이안, 아빠도 아빠의 엄마랑 같이 살지 않잖아. 이안
이도 아빠가 되고 이안이의 가족이 생기면 그 가족
과 함께 살아야지.

Ian 그럼 내가 늙으면 그러면 다시 같이 살 수 있어?

Mom 그땐, 엄마 아빠가 너무 늙어서 하늘에 있지 않을까?

Ian 음…… 사람이 죽으면 납작해지고 먼지가 되니까 같
이 살 수는 없겠다. 그래도 아직 내가 아빠가 되려면
멀었으니까 우리 오래 같이 살 수 있어.

화

···

Ian 난 역시 못해!!

또 분노하고 울어버렸다. 책을 만들 거라고 분주히 무얼 하는 거 같더니 종이를 붙이다 죄다 들러붙어 버렸다.

Mom 이안, 울어. 화가 풀릴 때까지 울어. 우는 건 괜찮지. 그런데 울고 다시 할 거야? 물론, 다시 안 해도 돼. 하지만 다시 만들면 가장 기쁜 게 누구일 것 같아? 그래 너야. 그리고 네가 너 자신에게 못 한다고 말하지 마. 넌 엄마가 본 여섯 살 중에 가장 멋진 그림을 그려. 이안이에게 언제나 잘한다고 칭찬해 주고 제일 크게 응원해 줘야 하는 사람이 누구인 것 같아? 그래, 바로 이안이야. 이안이가 그림을 그리고 엄마에게 주면 엄마가 책을 만들어 줄게. 뭐? 네가 다 하고 싶었다고? 잘 들어. 이안이는 그림을 잘 그리고 엄마는 책을 잘 만들어. 도와달라고 하면 엄마가 같이 할 수 있어. 기억나? 스페인에서. 너 혼자 물고기 잡다가 잘 안돼서 울었던 거. 울고 엄마랑 같이 물고기 잡

은 거. 분명 혼자서 다 잘하게 될 거야. 하지만 그전
까진 도와달라고 하고 같이 하는 건 어때? 우선 울고
싶으면 더 울어. 엄마는 그냥 계속 이안이 안고 있을
게.

아이는 울음을 그쳤다. 난 방에 들어가 작은 책을 만들어
아이에게 건넸다.

Mom   엄마가 책을 만들었어. 이안이가 괜찮다면 그림을 그
        려볼래?

아이는 조용히 책을 가지고 방에 들어갔다. 그러곤 잠시
후 뛰어나왔다.

Ian   엄마, 고마워⋯⋯.

한참 뒤 아이는 정말 멋진 책을 만들어 활짝 웃으며 나에
게 안겼다. 멋진 피카츄 책이었다.

내가 위로하러 왔어

OPEN

불어 펜
· · · · · · · ·

　불어 펜을 처음 써보는 거니 신기해서 이리저리 불고 있
는 거겠지 했다. 그런데 아이의 그림 속 사람들이 서로 손을
잡고 밤하늘을 바라보고 있었다. 전날 아빠와 함께 찾았던
백조자리도 그렸다. 아이가 오른쪽 제일 위 둥근 초록색이
지구라고 했다. 밤하늘이 아니었다.

　아이는 우주를 그렸다.

피라츄

류이안

2018
2019
여섯 살

8月
원래 그래

Mom　너 루카랑 싸웠었어?!

Ian　그럼, 싸우지. 친구잖아. 친구는 원래 싸워. 싸우는 건
　　나쁜 거 같지만 좋은 거야. 싸워야 더 좋아지거든.

좋은 이유

Mom　안토니오의 뭐가 그렇게 좋아?

Ian　그게 무슨 말이야? 친구니까 좋은 거지.

여섯 살답게

· · · · · · · · · ·

Mom   말로만 여섯 살이라고 하지 마. 이도는 아직 두 살이야. 여섯 살이면 여섯 살답게 오빠면 오빠답게 아빠가 없을 땐 엄마를 도와야 해. 엄마를 배려해 줘. 엄마를 생각해 달라고. 엄마의 하루는 너희를 위해 있는 게 아니야. 엄마는 너희를 위해서만 하루를 살고 싶지 않아. 왜 너 필요한 것 네가 하고픈 것만 말해? 엄마는? 왜 엄마는 생각해 주지 않는 거야? 오늘 밖에 나와서 엄마를 위해 한 것은 아무것도 없어. 왜 그래야 해? 계속 같은 걸로 물어보지 마. 답은 알고 있잖아. 이안이답게 여섯 살답게 오빠답게 행동해!

Ian   엄마……. 미안해. 그런데 나는 아직도 모르는 게 많은데 어떡해?

아이스티

· · · · · · · · ·

Ian 엄마, 오늘 정말 좋은 날이다. 그치? 엄마? 엄마? 왜 웃어?

Mom 이안이는 오늘이 좋은 날이야? 엄마는 너무 화만 내서 미안한 날이었어. 음…… 엄마만 너무 화를 내는 것 같네. 엄마가 화내면 엄마에게 화나? 엄마가 싫고?

Ian 그건…… 아닌데, 좀 슬프지. 그런데 지금은 너무 좋잖아. 우리 여기에 아이스티 먹으러 또 오자!

알고 있어

동생의 킥보드를 대신 들어주는 이안.

Mom　이안.

Ian　왜?

Mom　고마워.

Ian　매일 하는 건데 뭐가 고마워.

Mom　이안이 어른스럽고 멋져졌네.

Ian　알아. 다들 그렇게 말하더라고.

왜 다들 안 돌아와?

Ian 엄마, 딸기 이모는 한국으로 여행을 갔다더니 언제 돌아와?

Mom 딸기 이모는 여행을 간 게 아니고, 한국으로 이사를 갔어.

Ian 그럼 소피 이모는 언제 로마에 와?

Mom 소피 이모도 한국으로 이사를 갔대.

Ian 왜 다들 한국에 간 거야?

Mom 딸기 이모, 소피 이모는 엄마랑 아빠가 한국에 있으니까.

Ian 그럼 쪼꼬미 이모도?

Mom 쪼꼬미 이모는 사랑하는 사람이 한국에 있대. 너도 엄마 아빠가 로마에 있으니까 로마에서 살잖아.

Ian 그런데 엄마랑 아빠는 엄마의 아빠랑 아빠의 엄마 아빠가 한국에 살지만 로마에 있잖아. 아! 맞다! 엄마가 아빠에게 사랑에 빠졌지?

Mom 응? 어떻게 알았어?

Ian 아빠가 말해줬어.

Mom 아빠랑 그런 이야기도 해?

어쩌다 보니
· · · · · · · · · · ·

Mom 오늘, 너무 고마워. 정말 멋졌어. 엄마도 잘 도와주고 이도에게도 너무 잘하고.

Ian 으응! 내가 그럴 생각이 없었는데, 엄마가 미술관에 데리고 와줘서 기분이 너무 좋아져서 어쩌다 보니 그렇게 됐네.

9月

이 상황에……

멘탈 관리 망한 날,

아이가 잘못한 걸까? 나의 화가 잘못인 걸까? 아이 때문에 화가 난 걸까? 아이에게 화를 푼 걸까? 다음 주가 드디어 개학이라 마음이 더 여유로워질 줄 알았는데 끝이 다가오니 조급해져 마음이 더 좁아졌다. 먼지 속에서 놀다 온 두 아이를 씻기는 나에게 분노가 가득하다. 엄마 미워, 하고 우는 둘째에게 언성이 높아지는데 이안이의 분위기를 깨는 한마디.

Ian   엄마, 오늘 아이스크림도 먹고 친구들이랑 놀고 물고기 밥도 주고 너무 즐겁고 행복한 날이었다. 그치?

Mom   너 엄마 화난 거 안 보여? 이 상황에 그게 무슨 말이야?

Ian   그냥, 엄마가 두 번 화내면 안 될 것 같아서.

눈물
· · · ·

Mom   으…… 방귀 냄새, 너무 심한데? 너 똥 마려워?

Ian   응, 나 화장실에 가야 할 것 같아. 지금 눈물이 나고
계속 얼굴이 빨개지고 있어.

할 일
· · · · ·

피자를 떨어뜨린 이도, 그 피자를 응시하는 이안. 작은 숨
을 내쉬고 동생에게 자신의 피자를 건넨다.

Mom   이안이 고맙네.

Ian   동생이잖아. 이건 오빠가 할 일이지.

초등학교 입학식 1

Mom　모르면 무조건 물어봐. 네가 물어보지 않으면 아무도 네가 모른다는 것을 몰라. 모르는 건 당연한 거야. 알지? 모르면 무조건 물어봐야 해.

초등학교 입학식 2

Chus 교장 선생님 여러분, 그림(토비야와 천사 안드레아: 15세기 델 베르키오 공방에서 그린 구약성경 토빗기 그림. 라파엘 대천사가 눈먼 아버지를 대신해 길을 떠난 토비야에게 길을 알려주는 장면이다)을 보세요. 천사는 소년을 밀지도 끌어당기지도 않습니다. 같이 걸어갑니다. 아래를 보세요. 자갈밭입니다. 천사는 돌을 치워주지 않았습니다. 아이들에게 돌을 만나게 해주어야 합니다. 아이들이 직접 대면해야 합니다. 그들이 배우고 성숙하도록 내버려 두어야 합니다. 오늘의 돌들이 내일은 산이 될 수도 있으니 아이들은 등반할 준비가 되어 있어야 합니다. 여러분, 제발 부탁드립니다. 아이들의 어려움을 치워주지 마세요. 아이들이 17세 정도가 되면 사춘기가 옵니다. 아이들은 문제가 닥치면 포기하고 외면합니다. 그런 아이들에게 부모들은 실망을 하죠. 하지만 그건 아이들의 문제가 아니라 부모의 탓입니다. 아이들의 돌을 빼앗아 버렸기 때문입니다. 아이들은 스스로 어려움을 대면하고 올바른 질문을 하고 자신에게 맞는 답을 찾는 법을 배운 적이 없습니다. 아무도 삶의 방식을 보여준 적이 없습니다. 나 자신을 깊게 들여다보고 생각해야지만 성장할 수 있습니다. 나를 알지 못한다면 다른 사람도 알 수 없습니다. 우린 삶의 여행을 통해 우리 자신을 알아가야 합니다. 질문은 중요합니다. 질문은 언제나 우리를 더욱 깊이 들어서도록 합니다. 위기는 아이들을 성장시킵니다. 아이들은 어려움과 함께 머무는 법을 알아야 합니다. 아이들의 자갈을 빼앗으면 안 됩니다. 제발, 돌을 치워주지 마세요!

종이 비행기를 접으며 아들에게, 아빠가

Dad 이안,

멀리, 빨리

나는 게 중요한 게 아니야.

중요한 건,

아름답게 나는 거야.

내가 위로하러 왔어

10月
서점에서 책 읽어주는 날 1
• •

Ian 엄마 가고 싶지 않아. 거긴 동생들만 오잖아.

Mom 이안이가 아기일 때 엄마는 매주 여기에 왔어. 이안이는 많은 것을 엄마와 했고 정말 많은 곳을 다녔어. 하지만 이도를 위해서 무얼 하고 있어? 그래. 아무것도 이도를 위해 하는 것은 없어. 주말엔 이안이 친구 생일 파티를 가지. 일주일에 두 번 축구학교에 가. 그리고 토요일에는 한글학교. 모두 누구를 위한 거야? 그래, 이안이를 위한 거야. 그때 이도는 뭐 해?

Ian 기다리지.

Mom 엄마는 뭐 해?

Ian 기다리지.

Mom 일주일에 한 번이야. 이도를 위해 일주일에 한 번은 이안이가 기다려 주면 안 돼? 이안이 친구들은 모두 엄마에게는 동생이야. 엄마가 동생들만 있다고 가고 싶지 않다고 하면 어떡할 거야? 엄마도 이안이처럼 그럴까? 엄마가 가고 싶은 곳만 가고 하고 싶은 것만 해? 그래도 돼?

Ian 엄마, 내가 잘못 생각했던 것 같아. 미안해. 오늘 너무
　　 재미있었어.

삼 형제

Mom 이안이는 이도 말고 또 동생이 있으면 좋겠어?

Ian 나 힘들어. 엄마, 나는 둘은 못 키워. 안 돼. 힘들어.

11月

내 잘못

· · · · · · ·

11월 1일은 모든 성인을 위한 축일이다. 이탈리아의 수많은 축일 중 하루로만 알고 있었는데 이날은 한국처럼 차례를 지내는 날이었다. 가족들의 묘지를 방문하고 집에는 붉은 초를 피운다고 한다.

이안이 학교에서는 미사를 하고 하늘에 있는 가족에게 편지를 쓰는 행사를 한다고 했다. 아이는 아침에 집을 나서며 엄마의 엄마에게 사랑한다고 편지를 쓸 거라고 했다.

그런데 집에 돌아온 아이는 대뜸 울기 시작했다.

lan   엄마……, 미안해. 나 '할머니'라고만 썼어. 친구들은 다 이름을 썼는데 나만 할머니 이름을 몰라서 쓰질 못했어. 엄마, 정말 미안해.

넘어갈 뻔
· · · · · · · · ·

Mom 여기 숙제, 이 문제 틀린 것 같은데?

Ian 난 학교에서 열심히 했으니까 고치는 건 엄마가 해.

왕
· ·

Mom 엄마가 왕이야.

Ian 엄마가? 아빠가 아니고?

Mom 엄마가 왕이라고.

Ian 공룡보다 세? 상어보다 세? 고래보다?

Mom 그냥 엄마가 왕이야.

Ian 왜 엄마가 왕이야? 엄마는 아빠보다 약하고 여자잖아.

Mom 여자도 왕이 될 수 있어. 영국은 지금 왕이 여자야.
     아! 엘사도 여자잖아.

Ian 엄마! 여자는 왕이 될 수 없어. 여자는 여왕이라고 해
     야지.

Mom   아니, 엄마는 왕이야. 여왕 아니고 왕!

Ian   알겠어. 그럼 이제 엄마는 못 움직여. 이제 의자에 앉
        아만 있어야 해. 왕은 의자에만 앉아 있거든.

나쁜 엄마

동생과 장난을 치다 결국 울려 혼을 냈다. 조용히 앉아 있
던 아이가 들릴 듯 말 듯 말했다. "캇티바(cattiva, 이탈리아
어로 '못됐다'라는 뜻인데 보통 누군가를 괴롭히는 이에게
쓴다)."

Mom   그런 말 하는 아이는 이 집에 있을 수 없어. 알겠어?
        대답해. 다음부터는 그런 말 하지 않는다고.

알 수 없는 눈빛으로 나를 바라보던 이안이 대답했다.

Ian   미안해요.

좋은 엄마

· · · · · · · · ·
내가 위로하러 왔어

저녁이 되고, 다시 아이와 마주 앉았다.

Mom   오전에 엄마가 집에 있을 수 없다고 말한 거 잘못했어. 미안해. 사실은 이안이가 나쁘다고 말했을 때, 엄마가 정말 나쁜 엄마인 것 같아서 무서웠어. 이안이가 엄마를 나쁘게 생각할까 봐 무서웠어. 엄마, 나쁜 엄마 아니지? 이안이도 엄마가 그렇게 이야기하니 나쁜 이안이가 된 것 같아서 슬펐지? 미안해.

아이는 금방이라도 울 것 같은 얼굴을 하고 미안한 건지 고마운 건지 알 수 없는 눈빛으로 나를 한참 바라보았다. 그리고 나를 안아주었다.

Ian   엄마, 미안해. 그런 말 하지 않을게. 엄마는 이안이가 좋아하는 엄마야.

축구 1
· · · · · ·

Ian　집에 갈래.

Mom　왜?

Ian　내 키가 작다고 놀려.

Mom　너 키 작잖아.

Ian　난쟁이래.

Mom　에이, 난쟁이보다는 큰데.

Ian　오늘은 그만하고 싶어.

Mom　축구학교를 그만두는 거야? 아니면 오늘만 집에 간다는 거야?

Ian　오늘만 집에 갈래.

Mom　네 키가 작아서 작다고 한 건데, 작다고 해서 그만하는 거야? 네 키가 크면 크다고 놀릴 거야. 뚱뚱하면 뚱뚱하다고 마르면 말랐다고 놀릴 거야. 누가 너에게 작다고 하면 이미 알고 있다고 그래. 난쟁이라고 히면 개보다는 크다고 해. 이안, 축구공이 어디에 있어?

Ian　저기 바닥에…….

Mom 축구를 하는데 키가 클 필요가 뭐가 있어? 축구공보다만 크면 돼. 친구들이 오늘 축구학교에 안 와서 재미없어서 그래? 축구를 잘하고는 싶지만 친구들이 없으면 싫어? 잘하고 싶지만 놀리면 그만하는 거야? 그렇지만 친구들이 있어도, 놀리지 않더라도 열심히 했던 건 아니잖아. 열심히는 안 하는데 잘하고는 싶고, 최선을 다하지는 않지만 재미있으면 좋겠고 놀리면 그냥 집에 가는 거야? 이안, 네가 하고 싶어 시작한 축구를 이런저런 일이 있을 때마다 그만하고 그럴 때마다 엄마와 코치들이 널 달래서 다시 하게 만들어야 해? 이런 일 다음엔 없을 거라고 엄마에게 약속할 수 있어?

Ian 또 이런 일 있을 것 같아…….

Mom 엄마는 구해주지 않을 거야. 계속할 거면 다음부터가 아니라 오늘부터 열심히 해. 아니면, 그만하자. 그만할 거면 네가 직접 돌아가 코치님께 이야기해. 집으로 돌아간다고.

레스토랑 1

Mom 엄마가 정말 궁금해서 그런데, 축구를 왜 계속해야 해? 장난치고 누워 있으려면 꼭 돈 내고 여기 와서 해야 해? 애들도 놀리고. 너 데리고 여기까지 오느라 엄마도 힘들어. 정말 궁금한데 왜 해야 하는지 말해 줘.

Ian 난 약해, 그리고 6월에 시작했잖아. 10년 뒤에는 잘 하겠지.

Mom 이안아, 그렇게 설렁설렁해서는 10년 뒤에도 계속 못 할 거야. 아니 축구를 하다 자꾸 누우면 나라도 너 보고 난쟁이라고 놀리면서 화낼 거야.

Ian 응~ 난 축구공을 안 봐. 그리고 누워 있는 건 골키퍼 할 때인데 애벌레처럼 기어서 공을 잡는 거야.

Mom (이게 뭔 소리야?) 축구하는데 공을 안 본다는 게 뭔 말이야? 기면 공을 어떻게 잡니?

Ian 그런데 엄마, 우리 밥 먹는 곳에서 싸우는 건 아닌 것 같지 않아?

레스토랑 2

Ian 엄마, 이 레스토랑에는 할아버지가 많네.

Mom 맛있는 곳이라는 뜻이야. 할아버지들은 맛있는 것만
먹거든.

Ian 어? 할아버지 나가서 전화한다. 흠, 사랑하는 분과
이야기하나 봐.

<Midnight in Paris>

Ian 아빠, 엄마는 티브이를 보다가 사랑에 빠진 것 같아.

복수

. . . .

    동생의 유치원 같은 반 여자애 둘이 작은 공을 가지고 놀고 있는데 슬쩍 다가가 구석으로 공을 차버리는 이안.

lan   이도가 같이 놀자고 했는데 쟤들이 못 놀게 하잖아.

아뿔싸

. . . .

Mom 넌, 대체 말을 왜 이렇게 많이 하는 거야?

Ian 학교에서 말을 많이 못 해서 지금 다 하는 거야.

Mom 너 학교에서도 말 많다던데?

Ian 흐흐흐.

Mom 넌 네가 왜 이렇게 말이 많은 것 같아?

Ian 엄마가 말이 많아서.

유퀴즈

. . . .

Mom 이안, 신이 이안이를 만들 때 뭘 많이 넣고 뭐 하나를
     안 넣은 것 같아?

Ian 뭘 많이 넣었는데 하나 정도는 안 넣어도 되지.

친구에게 고자질
. . . .

Ian 안토니오, 저기 앉은 저 형 보이지? 저 형이 저번에
나보고 중국 사람, 인도 사람이라고 놀렸던 형이야.
응, 맞아. 저기 저 형.

누군지는 비밀
. . . .

Ian 예뻐. 그냥 그 애가 통통 노래를 하는데 하트가 두근
두근했어.

<h1 style="text-align:center">축구 2</h1>

• • • • • •

공터에서 축구하는 아이들을 보더니 달려갔던 아이가 금세 되돌아왔다.

Mom　왜?

Ian　중국 애는 건들지 말래.

<h1 style="text-align:center">축구 3</h1>

• • • • • •

잠시 생각하더니 다시 달려갔다. 무언가 이야기를 하는 것 같더니 아무 일도 없었다는 듯 공을 차고 놀기 시작했다.

Mom　좀 전에 그 애들과 뭐라고 이야기한 거야?

Ian　응? 별말 안 했어.

Mom　그런데 어떻게 같이 축구를 한 거야?

Ian   그냥 나에게로 공이 와서 찼어. 그러니까 쟤들도 같
이 차던데?

우리 손 잡을까?

동생을 혼내는 나를 올려다보는 이안,

Ian 엄마, 집에 돌아가면, 엄마가 기쁘면 좋겠어. 엄마가
이도에게 화를 내니까 좀 슬프다. 이도, 오빠 손 잡아.
자, 엄마가 기다려.

계속 이야기해 줄게

Mom   이안, 엄마와 이야기 좀 할래? 얼굴이 검은 사람이 있어. 그 사람의 얼굴이 검다는 이유로 놀려도 돼? 그러면 그 사람의 기분이 어떨까?

Ian   슬프지……. 맞다! 오늘 로렌조가 내 코를 누르며 놀렸어.

Mom   기분이 어땠어?

Ian   조금 안 좋았는데…… 그래도 웃었어. 친구들이 눈이 작다고도 그러는데…… 나도 눈이 동그라면 좋겠어.

Mom   이안, 이안의 눈은 엄마 아빠의 눈과 똑같아. 싫어?

Ian   아니 예뻐.

Mom   이도를 봐. 어때?

Ian   너무 귀엽지.

Mom   이도 눈이 이렇게 커지면 어때?!

엄지와 섬시로 눈을 위아래로 당겨 보여주니 이도와 이안이 동시에 웃음이 터졌다.

Mom 이안, 그거 알아? 이안이는 학교에서 동양 아이 중 가장 나이가 많아. 앞으로 누가 눈이 작다고 코가 작다고 다르게 생겼다고 놀리면 이안이가 그렇게 하는 건 잘못된 거라고, 나쁜 거라고 그러면 안 된다고 말해줘.

알아, 이안이 반에 스카이도 있지. 하지만 스카이는 부끄러움이 많고 이안이가 이탈리아 말을 더 잘하잖아. 우린 모두 다르게 생겼어. 우리 모두 자신에게 가장 잘 어울리는 모습을 선물 받은 거야. 그 누구도 어떤 이에게 자신이 가진 모습을 부끄러워하거나 잘못된 거라고 느끼게 해서는 안 돼.

이안, 앞으로 누가 그러면, 그게 선생님이고 형이고 누나라도 그건 나쁜 거라고, 하면 안 된다고 말해줘. 부끄러워하고 무서워하고 작고 말을 못 하는 친구들을 위해서. 이도를 위해서.

Ian 응, 그렇게. 그런데, 기억을 못 하면 어쩌지?

Mom 괜찮아. 엄마가 계속 이야기해 줄게.

첫 경고문

Ian chiacchiera continuamente durante la lezione e chiama i compagni! Firma.

수업 중에 끊임없이 떠들고 친구를 부른다. 부모 사인 받아와라.

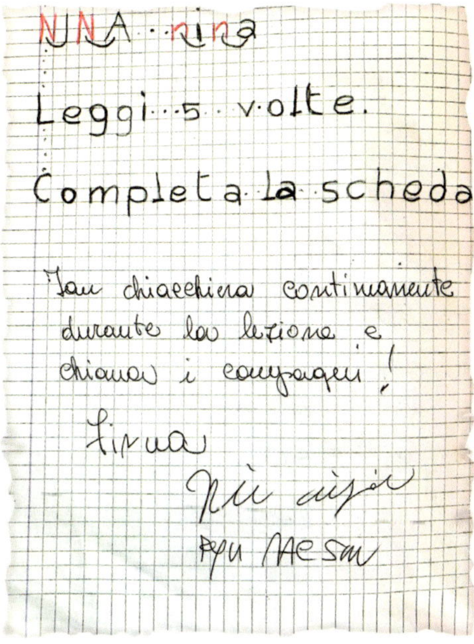

12月

축구 4

Mom 넌 축구가 좋아서 축구학교에 가지만 사실 엄마는 가고 싶지 않아. 기다리는 것도 힘들고 추워. 네가 축구를 하는 두 시간 동안 엄마와 이도는 비가 오고 바람이 불어도 기다려야 해. 그걸 당연하게 생각하지 말아 줘. 엄마와 이도에 대해 항상 생각해 줘.

그럴 줄 알고

Mom 세상에, 혼자 일어나 숙제를 하고 있는 거야? 엄마가 다시 생각해 봐도 너무 멋진 것 같아!!

Ian 그래서 한 거야. 엄마가 일어나서 날 보면 멋지다고 생각할 것 같았거든.

1月
모두 다
· · · · · ·

Ian　엄마, 너무 좋다. 고마워. 행복한 시간 만들어 줘서.

Mom　엄마도 즐거웠어. 말도 너무 잘 듣고, 날도 따뜻해서 고마웠어.

Ian　엄마는 우리가 하고 싶은 것 사주기만 했는데?

Mom　그것도 다 즐거웠어.

충분히 행복해
· · · · · · · · · · ·

Mom　우리 나갈까? 친구들도 나온대.

Ian　엄마, 놀러 가는 것만으로 충분히 행복한데 친구까지 만난다니 너무 행복한 날이다.

오빠 1

· · · · · · ·

Ian   이도가 원하면, 오빠가 다 그려줄 수 있어.

로마 탓

· · · · · · ·

Ian   왜 우리 세상은 하늘에서 눈이 내리지 않는 거야? 크리스마스에는 눈이 내려야 하잖아!

· · · · · · ·

내가 위로하러 왔어

축구 5
. . . . . .

Mom　오늘 골키퍼 너무 잘하던데? 아주 센 공도 막 막아내
고!!

Ian　내가 네 살 때는 축구를 잘 못하니까 애들이 골키퍼
만 하라고 했거든. 그런데 네 살부터 골키퍼를 한 거
잖아. 지금 여섯 살이니까 골키퍼를 오래 한 거잖아.
그래서 지금은 잘하게 된 거지. 그때 많이 했으니까
잘하게 된 거야.

로마에서 태어났어요
. . . .

Mom　일요일에 한인 성당에서 윷놀이하는 거 알지?

Ian　응! 상품도 있잖아!! 난 된장 받고 싶은데!!

엄마는 이도를 좋아해

Mom　　이도! 그건 내일 유치원에 가져갈 간식이란 말이야!

Ido　　시러! 줘!

화가 난 아이가 나를 힘껏 물었다.

Mom　　이도는 화나면 물어? 엄마도 화나면 물어버릴까? 엄마 지금 화났어! 그럼 엄마도 물어?

갑자기 나타난 이안이가 두 팔로 날 막았다. 나보고 고개를 젓고는 뒤돌아 자세를 낮췄다. 그리고 동생의 두 손을 잡았다.

Ian　　이도, 화가 난다고 해서 물고 때려서는 안 돼. 엄마에게 미안하다고 해. 엄마는 이도를 좋아해. 그러니까 안아줄 거야.

답정녀

Ian 엄마. 나 손 아픈데, 안 하면 안 돼? 엄마가 대신 해주면 안 돼?

Mom 이안이가 정해. 이안이가 하기 싫다고 하면 그렇게 하라고 하는 엄마, 아니면 하기 싫다고 하면 그래도 하라고 하는 엄마. 네가 정하면 지금부터 그런 엄마가 될 거야.

화난 엄마

Ian 내 엄마 아닌 것 같아. 내 엄마 아니야. 도깨비 엄마인 것 같아.

그거 하나면 돼

· · · · · · · · · · · · · ·

아이에게 원하는 것이 많아지면서 그만큼 불만도 많아진다. 아이는 어떨까? 아이도 나에게 그런 마음일까? 아이에게 묻는다.

Mom   넌 엄마에게 불만 없어?

Ian   없어.

Mom   그럼 엄마에게 원하는 건 뭐야?

Ian   그건 내가 항상 말하잖아. 알면서. 말 안 해줄 거야.

Mom   이안이에게 웃는 거?

Ian   응, 그거. 엄만, 알면서.

2月
점수 B

Ian　엄마, 그거 알아? B가 어디의 B인지 알아?
'BRAVO'의 B야. 역시 난 내가 '브라보'일 줄 알았
어. 선생님이 항상 칭찬하거든.

음악 점수에 대한 항변

Ian　내가 탬버린 담당인데 친구들이 하는 대로 하면 틀
릴 것 같은 거야. 그래서 내가 알아서 했어.

일찍 일어난 날

· · · · · · · · · · · · · · ·

Ian 이도! 이것 봐! 우리가 일찍 일어나니까 너무 좋네!
주스도 마시고 빵도 먹을 수 있잖아!! 그리고 엄마가
화도 안 내고!

일찍 일어난 날

· · · · · · · ·

내가 위로하러 왔어

성악설

Mom 너 그렇게 행동하는 건 나쁜 거야!

Ian 하지만, 엄마. 우린 모두 나쁘잖아.

사투리

Mom 여보, 내일 로렌조 엄마가 집에서 애들 놀리자 카는
데?

Ian 나 로렌조 집에 안 갈 거야!! 왜! 왜!! 집에 가면 놀리
는 거야? 왜! 엄마, 왜 놀리려고 하는 거야?

Mom 이안, 엄마가 사투리를 써서 그래. 아빠도 엄마 사투
리를 못 알아들을 때가 많아. 엄마 말은, 그게 아니
고…….

엘에이 갈비
• • • • • • • •

lan 엄마! 더 먹으면 안 될 것 같아! 더 먹으면 천국에 가
서 못 돌아올 것 같아!

아이스티 맛 아이스크림
• • • • • • • • • • • • • • • • • • •

lan 엄마! 천사가 나를 안아서 날고 있어!

오빠보다 빨리 달리고 싶은 동생

Ian   엄마, 내가 이도와 이야기 좀 해볼게. 이도, 오빠 말 잘 들어. 이기고 지는 게 중요한 게 아니야. 킥보드 재미있지? 재미있는 게 중요해. 오빠가 천천히 갈게. 자, 이제 같이 갈까?

COVID-19

· · · · · · · · ·

Ian　엄마와 아빠는 왜 계속 코로나바이러스 이야기를 하는 거야?

Mom　어떤 바이러스가 새로 생겼는데 아직 약이 없어. 약을 만들려면 시간이 걸리는데 만드는 것보다 더 빨리 사람들이 바이러스에 걸리고 있어서 사람들이 다들 무서워해.

Ian　예방 주사를 맞으면 안 돼? 그리고 그 바이러스는 중국에만 있는 거 아니야?

Mom　예방 주사는 아직 없어. 그리고 이젠 모든 세상에 바이러스가 있대.

Ian　흠…… 어쩌지. 내 친구들은 안 아파야 하는데.

3月

동양인 차별

Mom   혹시 학교에서 누가 코로나바이러스로 나쁘게 해도 신경 쓰지 마. 알았지?

Ian   어떻게 신경을 안 써? 코로나 걸리면 아프잖아. 아픈 친구를 어떻게 신경을 안 쓸 수 있어? 신경 써줘야지.

학교에서 혹시나 일어날지도 모르는 인종차별이 걱정되어 학교를 보내는 엄마의 마음이 아린다. 걱정 많은 엄마의 말 속의 '나쁘게'를 아이는 '아프게'라고 들었다. 어른은 누가 나를 아프게 할지에 날을 세우지만 아이는 친구가 아픈 것에 마음을 졸인다.

아하
· · · ·

Mom   왜 구름은 산 위에만 있는 거야?

Ian   엄마, 구름이 산 위에 있는 게 아니고 구름 아래 산이
       있는 거야. 구름이 있으니까 비가 오겠지? 그래서 땅
       이 자라서 산이 된 거야. 구름 아래서 산이 크는 거
       지.

오빠 2
· · · · · ·

Mom   이도 남자 친구가 집에 오면 기분이 어떨 것 같아?

Ian   나 아주 싫은 기분이 났어.

30단위의 덧셈을 배운 날

| Ian | 내가 커진 기분이야! |

네가 뭘 안다고 그래!

Mom	고작 두 페이지밖에 안 되는 숙제를 하는데 한 시간이 넘게 걸리는 거야? 말 좀 그만하고, 의자에 똑바로 앉아.
Ian	나만 그런 거 아냐.
Mom	그럼 또 누가 그런데?
Ian	엄마가 아기 때도 그랬어.

소원

· · · ·

lan   똑똑하고 좋은 남자가 되고 싶어요.

이탈리아 엄마의 날

Per la mamma. Ti voglio regalare il mio cuore che è fatto di amore. Mamma, ti voglio bene.

엄마에게, 사랑으로 만든 나의 심장을 선물하고 싶어요. 사랑해요.

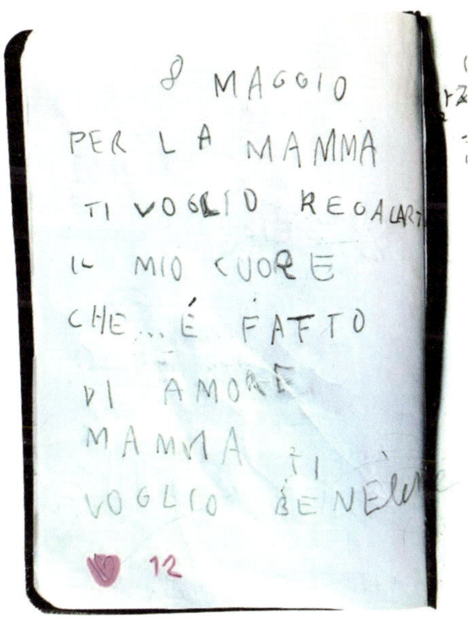

엄마에게 혼난 날

· · · · · · · 위로하러 왔어 · · · · · · ·

오늘은 TV를 한국말로 못 봤어요.

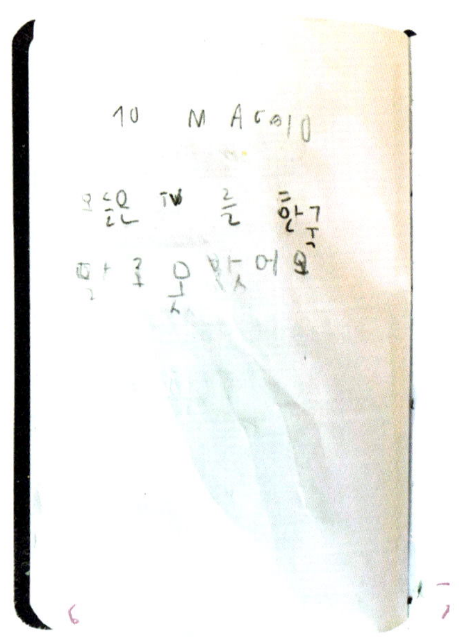

Sono

~~corsano~~

romano.

Mom   반에서 가장 예쁜 친구가 누구야?

Ian   엄마, 밥 먹을 땐 밥만 먹어.

맺음말

한국에서 태어난 엄마가 묻고,
이탈리아에서 태어난 아들이 답하다

이탈리아에서 태어난 나의 아들에게,

한국에서 태어나 타국의 모든 것이 처음인 엄마는 자꾸만 묻는다. 무기력과 우울함에 가라앉던 날에도 아이에게 어찌해야 하느냐 묻는다. 아이는 나에게 알람을 맞추고 쉬라고 했다.

아이에게 행복이 무엇인지 물었다.

세상 모두가 행복할 수는 없다고, 행복한 사람은 슬픈 사람을 위해 울어주어야 한다고 아이는 답했다. 행복은 슬픔을 위로하기 위해 존재하는 거라고 들렸다.

아이의 말이 좋다.

아이의 표정이 좋고 아이의 몸짓이 좋다. 사진을 찍고 영상에 담았다. 놓치고 싶지 않았다. 하지만 결코 담을 수 없는 것이 아이의 말이었다. 순식간에 지나간 말을 담고 싶어 아이에게 한 번 더 말해달라 부탁했다. 하지만 아이는 불과 몇 초 전의 말을 처음 하는 것처럼 꾸미는 법을 알지 못했다. 아이는 불과 몇 분 전에 자신이 했던 말을 떠올리지 못했다.

담고 싶었다.

담지 않으면 사라진다는 것을 알고 있다. 아이의 말을 담을 때면 나의 말이 궁금해졌다. 나의 네 살 때의 말, 나의 다섯 살 때의 말. 나와 엄마가 주고받은 수많은 질문과 답 들. 흩어져 버린, 사라져 버린 나의 말은 분명 순간마다 머물렀을 것이다.

내 아이의 말처럼 내 말도 나의 엄마에게 일부가 되어 스며 있었을 것이다.

하지만 엄마는 기록하지 않았다. 그리고 나 역시 나의 아이처럼 나의 말을 기억하지 못했다. 엄마는 나의 곁에 오래오래 머물 것이라 생각했을 거다. 엄마는 차곡차곡 당신의 기억에 담아두었다가 당신의 말로 직접 나에게 전해주려 했을 거다. 그러나 나의 말은, 수많은 질문들은 엄마와 함께 바람이 되어 날아갔다.

엄마는 알지 못했지만 난 알고 있다.

내가 기록하지 않는다면 아이의 말은 낱낱이 흩어져 사라진다. 내가 아이 곁에 가장 오래 머물렀고 내가 아이의 말을 가장 많이 담았으니 내가 아이의 말을 기록했다. 네 살의 3월부터 여섯 살의 3월까지의 3년간 나누었던 우리의 무수한 문답들이다. 아이의 말에 웃고 울었다. 정말 큰 위로가 되었다고 말해주고 싶다. 너의 말이 나를 수없이 일으켜 세웠다. 내가 너의 말을 옮길 수 있도록 엄마라 불러주어 고맙다.

넌 정말 사랑스럽다.

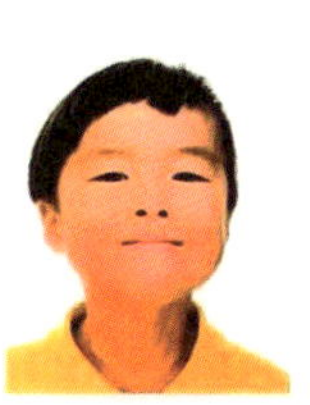

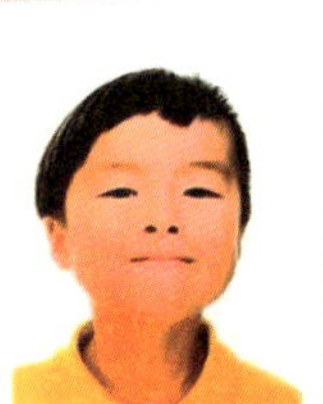

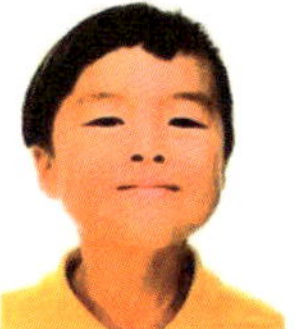

Codice Fotodigitale:

**FOTO PER
CARTA D'IDENTITA'
ELETTRONICA**

BASTA un CLICK!

DEDEM

Foto CIE è il nuovo
servizio semplice e veloce
per il rinnovo della
CARTA D'IDENTITA'.
Presenta questa stampa
all'ufficio CIE del municipio.

이안,

어느새 넌,
너의 말을 스스로 기록할 수 있는 소년으로 자랐지만,
엄마는 더 오래 너의 말을 담고 싶어.

너의 말이 엄마를 쓰는 사람으로 키워주었어.

이안,
내가 널 만나기 위해 태어났다고 했지?
아니, 나는 너의 문자가 되기 위해 태어났어.
나는 너와 이야기하고 싶어 태어났어.
나는 다시 태어나도 너의 모국어가 될 거야.[3]

2026년 3월 2일
엄마가

---

3 김경후, 「문자」, 『영원한 귓속말』, 문학동네, 본문을 빌려 썼다.